FILIUS NOCTIS

-

Dein Glaube hat dir geholfen!

Maxima Glöckner

www.tredition.de

© 2019 Maxima Glöckner

captain.maxi_prod@t-online.de
www.instagram.com/captainmaxiprod

Verlag & Druck: tredition GmbH, Halenreie 40-44, 22359 Hamburg

ISBN
Paperback: 978-3-7497-8625-1
Hardcover: 978-3-7497-8626-8
e-Book: 978-3-7497-8627-5

„Im Anfang war das Wort und das Wort war bei Gott und das Wort war Gott" das steht am Anfang des Johannesevangeliums, aber am Anfang meiner Geschichte steht das Wort oder viel mehr die Worte: „Steh auf, du kommst zu spät!" So, wie jede Geschichte anfangen sollte.

Meine Großmutter rief diese Worte, während sie gegen meine Tür hämmerte. Ich lebte bei ihr, seit meine Eltern und ihr Mann, mein Großvater, auf dem Rückweg von der Oper einen Autounfall hatten. Allerdings konnte ich mich nicht an meine Eltern erinnern, denn ich war zum Zeitpunkt ihres Unfalls kaum ein Jahr alt gewesen.

Meine Großmutter ist eine tolle Frau, noch gar nicht alt, wie man sich Großeltern so vorstellt, als ich zu ihr kam, war sie erst 41 und jetzt war sie mit 59 Schulleiterin meines Gymnasiums. Das soll aber nicht heißen, dass ich meinen Platz dort durch sie bekommen habe. Sie unterrichtete Chemie und Deutsch, meine Lieblingsfächer, aber natürlich hatte ich sie nie als Lehrerin.

„Mischka, meine Junge, du solltest dich jetzt wirklich dranhalten, ich fahre heute nicht zur Schule und bin erst heute Abend wieder zurück." „Ja Babuschka, schon unterwegs!", rief ich zurück und begann mich in Windeseile anzuziehen.

Ich hatte es wie immer noch rechtzeitig geschafft. Da es am Morgen noch in Strömen geregnet hatte, hatte ich dem Motorrad den Bus vorgezogen und saß jetzt auf dem Rückweg alleine in einer Ecke, tief in der Lektüre für den Deutschunterricht versunken.

Der Himmel war seit dem morgendlichen Unwetter wieder aufgeklart, die Temperaturen für Ende September doch recht warm und ich schwitzte unangenehm in meinem zu großen schwarzen Hoodie. Außer mir war keine Menschenseele im Bus, wenn man mal vom Busfahrer absah. Kein Wunder, denn meine Großmutter und ich lebten in einem kleinen Ort. Mit dem Bus fuhr ich von dort zwanzig Minuten bis zur Schule. Außerdem hatte ich noch Nachmittagsunterricht gehabt und war daher zwei Stunden später unterwegs, als die wenigen anderen Leute, die in diese Richtung mussten. Doch das störte mich nicht sonderlich, viele Menschen auf einem Haufen mochte ich nie wirklich.

Über mich gibt es genau drei Dinge, die man wissen sollte: Erstens, Mischka ist eigentlich eine Kurzform vom russischen Wort für Bär, obwohl ich Michael und nicht Medved heiße, zweitens, meine Familie kommt aus Russland und drittens, ich habe unglaublich viel Pech: Automatisch öffnende Türen gehen nicht auf, wenn ich davor stehe, elektronische Geräte neigen dazu, in meiner Gegenwart auszusetzen, Busse oder Züge kommen zu spät, haben Pannen oder fallen aus, wenn ich dringend irgendwohin müsste. Das sind zwar alles nur Kleinigkeiten, aber trotzdem ärgert mich das natürlich, so auch heute.

Zum Glück hatten wir das kleine Dorf, in dem ich lebte schon fast erreicht, als der Bus unvermittelt, ganz einfach so im Wald stehen blieb. Ich konnte den Fahrer undeutlich fluchen hören und packte meine Reclamausgabe von „Der flammend rote Buchstabe" ein, wonach ich mit meiner Tasche über der Schulter zum Busfahrer stapfte.

„Kann man ihnen irgendwie helfen?", fragte ich.

„Wat?"

„Ob man ihnen helfen kann, habe ich gefragt!"

„Ach so, ne. Dat könnte jetzt n' Weilchen dauern, bis 'n Ersatzbus kommt, ich geb mein Bestes."

Irgendwie tat er mir leid: „Ach machen sie sich keinen Stress, ich kann den Rest auch laufen, für eine Person ist ein Ersatzbus, doch nur unnötiger Aufwand!"

„Wenn dat wirklich kein Problem is'?"

„Ja, sicher nicht!", antwortete ich schnell, während der Fahrer mit einem Knopfdruck die Tür öffnete.

„Tschüss!", verabschiedete ich mich und sprang aus dem Bus.

Ich war schon oft alleine im Wald gewesen, nicht selten sogar nachts, denn ich hielt mich sehr gerne dort auf, doch jetzt war mir ein wenig mulmig zumute. Ich hatte das Gefühl, beobachtet zu werden, ein sehr unangenehmes Gefühl, als würde einem etwas über den Rücken krabbeln. Einige Male drehte ich mich um, konnte aber niemanden entdecken und hatte auch schon bald den Waldrand und somit unser Haus erreicht.

Großmutter war, wie angekündigt, nicht da, weshalb ich mir einige Kartoffeln und zwei Eier von unseren Hühnern in die Pfanne warf und mich dann mit meinem Essen in mein Zimmer zurückzog. Es war fast ganz schwarz, die Wände waren mit einer schwarzen backsteingemusterten Tapete tapeziert, vor den zwei Fenstern hingen schwere schwarze Vorhänge mit dunkelroten Borten, die das Tageslicht aussperrten. Ein großer schwarzer Kleiderschrank stand auf der einen, ein schwarzer Schreibtisch auf der anderen Seite des Zimmers, das Bett war schwarz bezogen, ein schwarzer Teppich zierte den Parkettboden.

Anfangs hatte es Großmutter gar nicht gefallen, dass ich mein Zimmer so einrichtete, aber außer mir und ihr hatte es auch noch kein Mensch von innen gesehen. Ich hatte eben keine Freunde, zumindest keine menschlichen, das war auch völlig in Ordnung, ich war gerne alleine. Meine Freunde waren die Bücher, mit deren Hilfe ich tagelang die Realität ausblenden konnte. Ich lebte in fantastischen Welten, in denen Hexen, Zauberer, Zwerge, Vampire und all die anderen Fabelwesen existierten. Auch das hatte Großmutter nicht gefallen, aber ich war glücklich damit und das reichte, um sie zufriedenzustellen.

Ich startete eine CD mit Orgelstücken von Bach und ließ mich dann in den schwarzgepolsterten Sessel fallen, der in der Ecke direkt neben der Tür stand. Zu den Tönen der Toccata verspeiste ich mein „Mittag-"essen, es war 15 Uhr.

Nachdem ich alle Überreste meiner Mahlzeit beseitigt und die Spülmaschine gestartet hatte, durchsuchte ich mein riesiges Bücherregal, fand aber kein Buch, das ich noch nicht gelesen hatte. Die Deutschlektüre hatte ich auch schon fast durch, morgen würde ich mich nach der Schule in der Stadt nach ein paar neuen Schätzen umsehen müssen.

Kapitel 2

Also suchte ich am nächsten Tag nach der Schule den Ort auf, der mir nach meinem Zimmer und dem Wald der liebste war, das Antiquariat.

Der Besitzer des kleinen Ladens war ein guter Freund meiner Großmutter und ab und zu arbeitete ich hier, im Gegenzug durfte ich mir ein oder zwei der Bücher aussuchen, auf die sich Herr Weber spezialisiert hatte.

Meistens sortierte ich die Regale und stieß dabei oft auch auf meinen Lohn, heute allerdings sollte ich ein neues Regal aufbauen, um danach mehrere neue Kisten Bücher einzuräumen. Es war eine sehr angenehme Arbeit, zumal ich auch jeder Zeit Musik hören durfte. Aus meinen Kopfhörern klang ein weiteres Orgelkunststück Bachs, er war ein Meister der Orgel gewesen, hatte heimlich angefangen, es von seinem Onkel zu lernen und der Nachwelt Wunderbares hinterlassen. Schon oft hatte ich anfangen wollen, auch dieses Instrument zu erlernen, doch nie fand ich den richtigen Lehrer und so blieb ich bei meinen Büchern.

Meine Ausbeute an diesem Nachmittag waren ein Buch mit russischen Märchen und Sagen und ein Märchen-Roman namens „Stein und Flöte und das ist noch nicht alles", ein Monstrum von einem Titel, aber die ersten Seiten gefielen mir gut.

Nachdem ich meine Aufgabe erledigt hatte, bat Herr Weber mich, das Antiquariat zu beaufsichtigen, während er einen kurzen Besuch erledigen würde. Ich wusste, dass er eigentlich nur eine Straße weiter in einem Café sitzen würde, denn es war nicht das erste Mal, das er mich alleine ließ, doch es machte mir nichts aus, ich war so oder so lieber alleine mit den Büchern.

Ich widmete mich höchst geflissentlich meiner Aufgabe, indem ich mich einfach hinter den Tresen setzte und in dem Märchen-Roman las. Ich tauchte ab in eine Welt aus märchenhaften Wesen und folgte „Lauscher" auf seiner Reise. Allerdings nur solange bis das Bimmeln eines Glöckchen mich jäh in die Realität zurückholte.

Die Person, die den Laden betrat, sah aus, als währe sie selbst eine Antiquität oder viel mehr ein Pfingstochse, so war sie über und über mit Schmuck behängt und bei der Menge an Make-up in ihrem Gesicht wunderte ich mich, dass sie von dem Gewicht nicht vorn über kippte. Als ich ihr meine Hilfe anbot, stellte sie sich jedoch schnell als ganz freundlich heraus. Sie suchte nach einem Geschenk für ihren Sohn, der wohl Professor der Architektur war. Schnell hatte ich etwas Passendes gefunden, ein Buch über britische Kirchenbauten aus dem 19. Jahrhundert.

Kaum war die Pfingstochsen-Frau gegangen öffnete sich die Tür erneut. Diesmal war es ein Mann schätzungsweise um die vierzig, der nach einem Buch suchte, dessen Titel ich noch nie gehört hatte, was bei meinem Bücherkonsum eigentlich schon an ein Wunder grenzte. Es war irgendwas mit Tinte. Ich durchforstete die Liste der Bücher mit T mehrmals, fand aber auch unter dem Namen des Autors nichts und schließlich schaute ich auch die neueingeräumten Bücher durch, musste den Herren aber leider enttäuschen. Er nahm dann trotzdem einen winzigen Gedichtband mit, der eigentlich auch mehr ein Heftchen als ein Buch war.

Ich widmete mich erneut meinem Buch.

Die dritte Person, die eintrat, bemerkte ich zunächst gar nicht, erst als mich dieses Gefühl der Beobachtung wieder ergriff, sah ich auf und erblickte einen blassen Typen mit strubbeligen, schulterlangen, schwarzen Haaren, der kaum älter sein konnte als ich. Ich hatte ihn nicht hereinkommen gehört, jetzt stand er direkt vor dem Tresen und sein Schatten fiel auf mein Buch. Er trug eine enge, schwarze Lederhose mit seitlicher Schnürung und ein ebenfalls schwarzes, weites, halb offenes Leinenhemd, seine Füße steckten in schweren Springerstiefeln. Um den Hals trug er eine silberne Kette mit einem Kruzifixanhänger und an seinen Fingern glänzten mehrere Ringe. Außerdem hatte er eine Tasche über der einen Schulter hängen und, was mich aber am meisten verblüffte, auf der anderen Schulter saß eine schwarze Ratte mit einem weißen Fleck am Kopf. Hätte sie nicht plötzlich mit den Ohren gezuckt, so hätte ich sie für ausgestopft gehalten. Eigentlich waren lebende Tiere im Antiquariat nicht erlaubt, doch das war ein Fakt, den ich guten Gewissens verdrängte, denn ich mochte Tiere und sah keine allzugroße Gefahr in dem kleinen Nager.

Etwas umständlicher als nötig gewesen wäre, kletterte ich hinter dem Tresen hervor und fragte höflich: „Wie kann ich Ihnen helfen?"

„Ich suche ein Schmuckstück", flüsterte der Typ, wobei er einen Schritt auf mich zu machte, die Ratte von der Schulter hob und in die Tasche setzte. Er war etwa einen halben Kopf größer als ich.

„Also, eine große Auswahl haben wir nicht gerade, aber wenn Sie mir bitte folgen wollen, kann ich ihnen zeigen was wir da haben. Wir führen fast ausschließlich Bücher."

„Vielen Dank, ich bin sicher, ich werde etwas finden!", etwas an seinem Gesicht verwunderte mich, ich konnte aber nicht feststellen was. Irgendwie fand ich ihn anziehend, also wie ein Buch, das man angefangen hat zu lesen und nicht aufhören kann, bis man es irgendwann zuschlägt, auf die Uhr sieht, es ist vier Uhr in der Frühe und einem fällt ein, dass in fünf Stunden die Chemieklausur beginnt ...

Er folgte mir in die hinterste Ecke des Ladens, in der in einer Vitrine einige Broschen und Ringe lagen: „Hier, das ist alles an Schmuck, was wir da haben."

„Danke, ich denke ich weiß auch schon, was ich will."

„Ach, das ging ja schnell."

„Ich habe es gleich beim Hereinkommen gesehen."

Jetzt war ich etwas verunsichert, die Schmuckvitrine konnte man gar nicht vom Eingang aus sehen.

„Was ist es denn?", fragte ich ihn etwas verwirrt.

„Du", hauchte er in mein linkes Ohr und stand plötzlich direkt neben mir, also mit direkt meine ich eigentlich eher, dass er mich feste mit beiden Armen umklammert hatte und meinen schlaksigen Körper an sich presste. Er drückte sein Gesicht an meinen Hals und schien an mir zu schnüffeln, was mir nicht nur äußerst unangenehm, sondern auch furchtbar peinlich war, doch ich konnte nichts tun, mich nicht wehren, kein Stück rühren. Ich war vollkommen perplex.

Er flüsterte: „Du bist mein Schmuckstück!"

Und dann biss er zu, die Schmerzen schienen unerträglich, als seine spitzen Zähne meinen Hals aufrissen, sie waren es gewesen, sie hatten mich an seinem Gesicht verwundert, waren mir aber nicht gleich aufgefallen.

Immer noch konnte ich mich nicht aus seiner Umklammerung lösen, während er mein Blut trank und das hat, zumindest für die Person, deren Blut getrunken wird, keines Wegs etwas Liebevolles an sich, wie manche Vampirfilme uns glauben machen wollen. Ganz im Gegenteil, es ist unglaublich schmerzhaft, dir wird kalt, sehr, sehr kalt, du kannst dich keinen Millimeter bewegen und zwei spitze Reißzähne in der Halsschlagader sind auch nicht gerade angenehm.

Zum Glück verlor ich irgendwann das Bewusstsein, ob aus Angst oder wegen des Blutverlusts weiß ich nicht, ehrlich gesagt war es mir auch egal, Hauptsache die Schmerzen hörten auf.

Kapitel 3

Als ich erwachte, war ich nackt und lag in vollkommener Dunkelheit. Den Grund für die Dunkelheit erkannte ich, als ich mich aufsetzen wollte und kaum, dass ich mein Kopf zwanzig Zentimeter angehoben hatte, mit der Stirn gegen einen gepolsterten Widerstand stieß. Vorsichtig tastete ich nach meinem Hals und meine Finger fanden zwei weiche Mulden. Ich grübelte, was das wohl für ein Ding sein könnte, in dem ich da lag und siedend heiß fiel es mir ein, ich lag in einem Sarg. Hatte man mich lebendig begraben, aber warum war ich nackt? Ich wurde panisch und hämmerte wie wild gegen den Sargdeckel, der zu meinem freudigen Erstaunen direkt aufgeklappt wurde. Also lag ich noch nicht unter der Erde, doch meine Begeisterung legte sich recht schnell wieder, denn das Gesicht, das langsam über mir auftauchte, war das des Blutsaugers.

„Du Monster, was hast du mit mir gemacht, warum bin ich nicht tot?"

„Wärst du das denn gerne?"

„Tot?"

„Ja, es hörte sich so an."

„Vielleicht, aber ich müsste es sein, du hast mein Blut getrunken!", ich liebte meine Bücher und all die fantastischen Wesen, die dort existierten, ich hatte auch nichts gegen Vampire. Als ich kleiner war, wollte ich selbst einer sein. Trotzdem hatte ich es mit zwölf Jahren aufgegeben daran zu glauben, dass all dies Wirklichkeit sein könnte, weil mein Hogwartsbrief immer noch nicht gekommen war. Vielleicht war da irgendwo noch ein kleines Fünkchen Hoffnung unter der Enttäuschung, das mir erlaubte, mich stunden-, manchmal sogar tagelang in meinen Büchern zu verlieren.

Eigentlich hätte mich eine Heidenangst packen müssen, doch irgendwie beruhigte mich seine Art zu reden.

„Du bist nicht tot, weil niemand direkt stirbt, wenn er ausgetrunken wird."

„Was heißt direkt?", plötzlich hatte ich Angst im nächsten Augenblick umkippen zu müssen.

„Direkt heißt, dass du nur stirbst, wenn du nicht innerhalb der nächsten 40 Stunden das Ritual durchläufst."

Gut, ich würde also nicht gleich in die ewigen Jagdgründe einkehren: „Was für ein Ritual?"

„Das erkläre ich dir gleich, aber willst du nicht vielleicht zuerst aufstehen und dich anziehen?"

Ich war ja immer noch nackt und fühlte mich so völlig unbekleidet sehr schutzlos: „Ja, bitte. Warum habe ich meine Kleider eigentlich nicht mehr an?"

Während ich mich aus dem Sarg erhob, der auf einem kniehohen Podest stand, antwortete er: „Du hast sie in Gegenwart der größten Sünde getragen, die man begehen kann. Im Prinzip habe ich dich getötet. Sie wurden verbrannt, genau wie meine."

„Was?", ich hatte nicht meine Lieblingskleidung angehabt, aber warum? Und was sollte das mit der Sünde, war ich hier in irgendeiner Sekte gelandet?

„Ich werd es dir erklären, aber jetzt nimm erst mal das", mit diesen Worten hielt er mir einen weichen, bodenlangen, schwarzen Mantel hin, den ich ergriff und anzog.

„Hast du eigentlich einen Namen?", fragte ich ihn.

„Aleksej. Oder Alex, wenn dir das lieber ist", antwortete er und reichte mir ganz förmlich die Hand.

Ich ergriff die dargebotene Hand: „Hallo Alex, ich heiße ..."

„Michael, ich weiß, aber deine Großmutter sagt Mischka, oder?"

„Woher ...?", begann ich, verstummte aber sofort wieder und hoffte, er würde das gleich in seine große Erklärung einschließen.

Alex hob ein grobes Seil vom Boden auf, band es mir um und verschloss so den Mantel; mir fiel auf, dass die Ratte weg war.

Erstmals hatte ich Zeit, mich richtig umzusehen, wir standen in einem steinernen Gewölbe, vermutlich einem alter Keller und bis auf das Podest mit dem Sarg war er leer. Ich konnte keine Lichtquelle entdecken, wunderte mich aber nicht weiter darüber.

„Komm mit", forderte er mich auf und so folgte ich ihm barfuß über den kalten Steinboden, durch einen Spitzbogen in einen schmalen steinernen Gang und war mir jetzt ziemlich sicher, dass ich mich in einem Keller befinden musste.

Unsere kurze Wanderung endete in einem Badezimmer, dessen Tür Alex hinter uns abschloss. In den Boden war ein Becken eingelassen, welches sich, nach dem mein Begleiter einige Hähne aufgedreht hatte, langsam mit Wasser zu füllen begann.

„Zieh den Mantel aus und leg' dich ins Wasser, ich werde dir jetzt alles erklären, so gut ich kann."

Ich tat wie mir geheißen. Das Wasser fühlte sich seltsam an, ich spürte seinen Widerstand, wenn ich mich bewegte, aber ich konnte weder Wärme noch Kälte fühlen, als hätte es genau die gleiche Temperatur, wie ich.

Es war ausgesprochen entspannend, als würde ich schweben. Also lehnte ich mich zurück und lauschte dann Alex Erklärungen: „Du bist hier in den Gewölben einer Kirche, um genau zu sein, unserer Kirche. Mit uns sind die Kinder der Nacht gemeint, nicht Vampire, wie die Menschen uns nennen. Wir sind eine Glaubensgemeinschaft und du wirst jetzt in sie aufgenommen werden, selbstverständlich nur wenn du willst. Wenn du zwanzig Jahre ein Teil der Gemeinschaft bist, wie ich jetzt, empfängst du das Sakrament der Reinigung. Allerdings musst du dich davor mit der schwersten Sünde beflecken, zu der eine sterbliche Seele fähig ist. Ich habe dich getötet. Unsere Körper sind klinisch tot, deiner auch, aber wir leben weiter, zwar nicht für immer, aber für eine recht lange Zeit. Du wurdest für mich ausgewählt, damit für unseren Zweck nicht unnötig viele Menschen leiden müssen. Du wohnst bei deiner Großmutter, hast eigentlich keine Freunde. Sobald du das Ritual durchgemacht hast, darfst du sie besuchen, aber bei ihr wohnen kannst du nicht mehr, außer du möchtest nicht Teil der Gemeinschaft werden ...“

Er wollte noch weiter reden, doch ich unterbrach ihn: „Glaubensgemeinschaft? Woran glaubt ihr? Ist das eine Art Sekte?“

„Du bist doch katholisch, wir glauben an den gleichen Gott wie du, nur sind wir von keinem Papst abhängig. Die Bibel ist auch die Grundlage unseres Glaubens, allerdings nehmen wir sie nicht ganz so ernst, sie wurde von Menschen geschrieben, also kann sie nicht perfekt sein. Der Fokus liegt aber auf dem Neuen Testament.“

Ja, ich war katholisch, aber nicht so, dass ich jeden Sonntag in die Kirche gegangen wäre. Aus der Bibel kannte ich natürlich einige gängige Geschichten, aber gelesen hatte ich sie nie ganz. „Was passiert mit mir, wenn ich nicht Teil der Gemeinschaft werden will?"

„Du kannst ein ganz normales Leben führen, weiter bei deiner Großmutter leben, zur Schule gehen, arbeiten und irgendwann stirbst du, also deine Seele stirbt auch nicht, sie verlässt deinen Körper, geht zu Gott. Dein Körper ist ja schon tot. "

„Und was esse ich dann?"

„Wonach immer dir der Hunger steht."

„Aber trinkt ihr kein Blut?"

„Doch, aber wir müssten nicht. Es gibt uns Kraft, lässt uns sehr lange auf der Erde leben, dadurch altern wir kaum. Außerdem trinken wir nur einmal im Monat in einer besonderen Messe alle zusammen."

„Esst ihr sonst nichts?"

„Doch, aber nur bis zum Sakrament der Reinigung, danach müssen wir nichts mehr essen. Mit dem Sakrament werden wir nicht nur gereinigt, es nimmt uns auch den Hunger."

„Aber wenn mein Körper tot ist, wie funktioniert das mit der Verdauung?"

„Du stellst Fragen ... Wir wissen es nicht, es gibt Kinder der Nacht, die an solchen Dingen forschen, aber solange bis sie eine Lösung gefunden haben bleibt es ein Ding der Unmöglichkeit, ein Wunder."

„Also könnte ich nach diesem Ritual einfach nach Hause gehen und weiter leben?"

„Ja, wir würden uns natürlich freuen, wenn du bei uns bleibst, aber wir können dich nicht zwingen, genauso wenig, wie wir Lügen aussprechen können. Dir passiert nichts."

„Woher soll ich wissen, dass das nicht auch eine Lüge ist?"

„Du wirst mir wohl vertrauen müssen."

„Darin bin ich leider nie sonderlich gut gewesen, aber was wäre, wenn ich mir das Ganze erst einmal anschaue?"

„Du kannst bis zum Sakrament der Reinigung jeder Zeit aussteigen, danach ist es etwas komplizierter, aber nicht unmöglich."

„Ist dieses Sakrament der Reinigung so was wie die Taufe?"

„Ja, nicht ganz, es geht zwar auch um die Reinigung, ... Du wirst es erleben, wenn du das Ritual durchläufst, erfahre ich das Sakrament der Reinigung."

„Also brauchst du mich, damit du gereinigt werden kannst?"

„Ja, ich musste diese schwerste aller Sünde begehen, um gereinigt werden zu können."

„Was passiert bei dem Ritual mit mir?"

„Das hört sich jetzt bestimmt ganz schrecklich an, ich hatte auch Angst, als ich das vor zwanzig Jahren gemacht habe. Angst ist gut, sie schützt uns vor Gefahr und nur wer mal Angst hatte, weiß was Mut bedeutet, aber hier ist eigentlich keine Gefahr. Es wird eine Messe geben, in der du aufgenommen wirst und ich gereinigt werde. Du wirst dich nackt vor den Altar knien und alle, die schon gereinigt sind, werden dich einmal mit einer Dornenranke schlagen."

„Was?!", warum war man hier ständig nackt vor fremden Menschen und warum würden man mich schlagen?

„Das geschieht in Erinnerung an unseren Herren Jesus Christus, der die Dornenkrone trug. Es wird schmerzen, aber danach werden deine Zähne kommen, du wirst von meinem Blut trinken und sobald die Messe vorbei ist, bekommst du eine Salbe, die deine Wunden sofort heilt."

„Dein Blut? Ich denke, ihr seid alle blutleer und ich jetzt ja auch?"

„Nicht ganz, ich habe dich ja vorhin ausgetrunken, also ist es eigentlich doch dein Blut ... Wie auch immer, danach werde ich um Vergebung für alle meine Sünden bitten."

„Aber ist es nicht auch eine Sünde jemanden mit einer Dornenranke zu schlagen?"

„Ja und deshalb werden auch alle nachdem sie dich geschlagen haben auf die Knie fallen und um Vergebung bitten, sie tun das nicht gerne, aber es ist nötig, um dich am Leben zu halten, beziehungsweise dich in ein neues Leben zu geleiten. Du kannst jetzt im Übrigen da raus kommen.", antwortete er geduldig während er mir ein großes schwarzes Handtuch, aus einer Kiste, die an einer der Wände stand, reichte.

Während ich mich abtrocknete, fragte ich: „Das wollte ich eigentlich vorhin schon fragen, wohin ist eigentlich deine Ratte verschwunden oder habe ich mir die nur eingebildet"

„Nein, die hast du dir nicht eingebildet, er ist in meinem Zimmer. Ich stelle euch nachher vor", mit diesen Worten reichte er mir meinen Mantel und schleifte mich, kaum, dass ich ihn fertig angezogen hatte, aus dem Bad heraus auf den Flur.

Lektion 1 -

Gott ist gnädig, er vergibt Sünde und Schuld!

Sünde ist menschlich, es gibt viele Wege zu sündigen, kein Mensch ist frei von Schuld, wir alle sind Sünder, der Mensch wird als solcher geboren und wird immer wieder Sünden begehen. Die Sünde ist der Unterschied zwischen Gott und den Menschen.

Er könnte uns lenken, in allem, was wir tun, er könnte uns zum Guten zwingen, aber Gutes kann nur aus freiem Willen begonnen wirklich gut sein. Er könnte ein Tyrann sein, aber er ist es nicht, genauso wenig wie wir Sklaven sind. Er gab uns den freien Willen, die Macht selbst zu entscheiden, wozu wir unsere Kraft einsetzen.

Gott gab uns also Freiheit. Wenn wir mit dieser Freiheit aber die Freiheit anderer einschränken, dann sündigen wir.

Als Gott seinen einzigen Sohn opferte, um die Sünde zu bezwingen, konnte diesem jenes nur gelingen, weil er den Menschen in allem gleich geworden war, außer der Sünde.

(Mt 26,28: Das ist mein Blut, das Blut des Bundes, das für viele vergossen wird zur Vergebung der Sünden.)

Er hat die Vollmacht Sünde zu vergeben, weil er frei von ihr ist.

(Mk 2,10 Ihr sollt aber erkennen, dass der Menschensohn die Vollmacht hat, hier auf der Erde Sünden zu vergeben [...])

Das wertvollste und größte Geschenk, das Gott einem jeden Lebewesen macht, ist das Leben und niemand ist befugt, es wegzunehmen. Alleine er kann entscheiden, wann es endet.

Es ist in Ordnung, sein eigenes Leben zu beenden, doch einem anderen dieses Geschenk zu entreißen, kann mit nichts in der Welt gerechtfertigt werden, mit Liebe genauso wenig wie mit Hass. Es gibt kein Verbrechen, keine Sünde, die so grausam ist, dass man jemandem dafür, dieses wertvollste und größte aller Geschenke nehmen dürfte.

Weil wir alle Sünder sind, kann kein Mensch gerecht über den anderen richten, geschweige denn eine gerechte Strafe verhängen.

(Joh 8,7: [...] Wer von euch ohne Sünde ist, werfe als Erster einen Stein auf sie.)

Eine Strafe aufzuerlegen ist nur Gott befugt, denn nur er kann gerecht über uns richten.

(Gen 4,15: Der Herr aber sprach zu ihm: Darum soll jeder, der Kain erschlägt, siebenfacher Rache verfallen. Darauf machte der Herr Kain ein Zeichen, damit ihn keiner erschlage, der ihn finde.)

Doch Gott ist gütig, er liebt jedes einzelne Geschöpf auf Erden, jede seiner Schöpfungen, dich nicht weniger und nicht mehr als irgendein anderes Wesen. Deswegen opferte er seinen einzigen Sohn

Jesus Christus, um alle Sünde, die je geschah und alle, die jemals geschehen wird, zu vergeben.

Wer mit ehrlicher Reue um Vergebung bittet, dem wird vergeben werden und wer auf Erden nicht zu ehrlicher Reue fähig ist, den wird die Gegenwart Gottes im jüngsten Gericht dazu befähigen. Im Angesicht des allmächtigen Vaters und seiner unendlichen Liebe für Alles und Jeden wird jede Seele, so dunkel sie auch sein mag, Reue zeigen und blütenweiß werden.

(Lk 24,47: Und in seinem Namen wird man allen Völkern, angefangen in Jerusalem, verkünden, sie sollen umkehren, damit ihre Sünden vergeben werden.)

Jeder Mensch kann einem anderen vergeben, zwar kann kein Mensch die Sünde von einem anderen nehmen, denn er trägt ja seine eigene, doch kann er ihm beim Tragen helfen.

Gott alleine ist allmächtig, er könnte zornig über uns Gericht halten und uns schwere Strafen auferlegen, doch er tut es nicht, denn seine übergroße Liebe kennt weder Anfang, noch Ende und macht ihn zum Sieger über Sünde und Tod.

Kapitel 4

Hastig nahm Alex mir das in schwarzen Stoff ge-
bundene Buch aus der Hand, bevor ich weiterblät-
tern konnte: „Sorry Mischka, das ist alles, was du
vor deiner Einführung wissen darfst, wenn du bei
uns bleibst, darfst du weiterlesen."

Inzwischen saßen wir in einer Art Klassenzimmer,
in das er mich nach meinem Bad geführt hatte.

„Ich habe einige Fragen ...", begann ich.

„Zögere nicht, sie zu stellen!"

„In dem Text stand, ziemlich am Ende, dass Gott
allmächtig wäre. Aber wenn das so ist, warum passiert dann so viel Leid, warum gibt es dann Krieg?"

„In der fünften Lektion geht es um Freiheit, wir
sind frei gestellt, alles zu tun, niemand außer uns
selbst zwingt uns, sich an Regeln zu halten. Das
Schlimme, das uns und jedem anderen widerfährt,
ist der Preis, den wir für diese Freiheit bezahlen und
ganz ehrlich: Ich wäre jeder Zeit bereit, ihn wieder zu
zahlen, auch wenn man mich vor die Wahl stellen
würde."

Das musste ich erst mal verdauen, nach einigen
Minuten des Schweigens erkundigte ich mich: „Muss
ich irgendwas sagen, also während des Rituals?"

„Du bist doch, wenn du katholisch warst, zur Fir-
mung gegangen und zu Ostern warst du sicher auch
mal in der Kirche?"

„Ja ...?"

„Dort wird der Taufbund erneuert und du wirst gefragt, ob du an Gott glaubst und so weiter, fast genau die gleichen Fragen werden hier auch gestellt, mit dem Unterschied, dass du nicht gefragt wirst, ob du an die heilige *katholische* Kirche glaubst. Man wird dich nach der heiligen *christlichen* Kirche fragen, wir machen da keinen Unterschied, wir sind eine Kirche in Christus."

„Ja, ich erinnere mich. Habt ihr eigentlich eine Art Priester, der das fragt?"

„Da wir alle den Kodex studieren, sind wir im Prinzip alle Priester, nachdem wir das Sakrament der Reinigung empfangen haben. Unser Priester ist immer der Älteste von uns. Außer natürlich er möchte nicht."

„Gibt es noch mehr von euch und wie viele von euch gibt es überhaupt?"

„Unsere Kirchen stehen in Städten auf der ganzen Welt, wie viele Kinder der Nacht es gibt, weiß ich nicht. Hier leben zwanzig Gereinigte und sechs noch nicht Gereinigte dich und mich eingeschlossen."

„Und wie ... wie vermehrt ihr euch?", kaum, dass ich sie ausgesprochen hatte, erschien mir die Frage dumm.

„Wir vermehren uns nicht, natürlich schwankt die Anzahl, aber jeder von uns trinkt nur einmal in seinem Leben direkt von einem Menschen und macht ihn dadurch zu einem Kind der Nacht. Natürlich entscheiden sich die wenigsten für ein normales Leben, nachdem sie einmal bei uns waren, obwohl es ihnen vollkommen freisteht zu gehen."

„Aber irgendwoher müsst ihr doch gekommen sein oder?"

„Ja, natürlich, es gibt immer einen Ersten. Wir kennen seinen Namen nicht, vermutlich war er sehr gläubiger Mensch, er wurde in einer dunklen Nacht von einem anderen Menschen erstochen, weshalb er verblutete und bei Gott um Vergebung flehte, für sich, aber auch, und zwar vor allem für den Menschen, der ihn erstochen hatte. Gott war gnädig und gab ihm dieses neue Leben, das auch du nach deiner Einführung leben wirst. Dieser Erste machte viele Menschen zu Kindern der Nacht, und auch sie taten das. Irgendwann wurden es zu viele und so entstand die Regelung, dass einzig und alleine vor der Reinigung jedes Kind der Nacht einen Nachkommen schafft."

„Aha ...", ich hatte noch so viele Fragen und konnte mich nicht entscheiden, was ich zuerst fragen wollte.

„Stell ruhig viele Fragen, das hab ich auch gemacht, Neugierde ist sehr menschlich."

„Wann findet denn meine Einführung statt?"

„Sobald es Nacht geworden ist, versammeln wir uns oben in der Kirche."

„Und wann ist das?"

„In zwanzig Minuten ...", sobald schon, damit hatte ich nicht gerechnet.

„Okay ... Wie ist das mit dem Licht?"

„Wir zerfallen im Sonnenlicht nicht zu Staub, falls du das meinst, aber wir werden dann schneller müde, deshalb arbeiten wir in der Nacht und schlafen am Tag. Wir können im Dunkeln sehen, deswegen brauchen wir kein Licht, wenn wir Kerzen oder Fackeln anzünden, dann nur weil es schön aussieht."

„Aber vorhin in dem Sarg ..."

„Ja, das ist eine sehr interessante Sache, wir schlafen in den Särgen, gerade weil wir darin nichts sehen können. Im Hellen schläft man nicht gut ein, wenn man nicht gerade hundemüde ist. Warum das so ist, wissen wir auch nicht genau, vermutlich hat das etwas damit zu tun, dass die Särge eben für Tote gemacht wurden und wir eben tot sind."

„Ach so, müsste ich dann auch zu Hause in einem Sarg schlafen, wenn ich euch verlasse?"

„Nein, das kommt wie unser langes Leben vom Blut, aber selbst wenn du bei dir zu Hause Blut trinken würdest, hätte das keinen Effekt, anders als wenn du es in der Messe trinkst."

„Und wie ist das mit dem Am-Tag-Müde-Sein?"

„Das bleibt noch eine Zeit lang und wächst sich dann aus. Ich denke, es wäre besser, wenn wir jetzt schon mal nach oben gehen, dann kannst du dich auch schon mal umsehen."

Wortlos folgte ich Alex wieder hinaus auf den Gang, an dessen Ende uns eine steinerne Wendeltreppe nach oben führte und durch eine mit Eisenbeschlägen bestückte Holztür betraten wir ein Seitenschiff der Kirche. Der hohe Raum war zweifelsohne ein gotisches Bauwerk, die Spitzbögen in denen sich Fenstern und Türen befanden, waren eindeutige Hinweise. Kunstvoll mit steinernen Ranken verzierte Bündelpfeiler trennten die beiden Nebenschiffe ein wenig vom Hauptschiff. Es sah aus wie eine ganz normale Kirche, mit der Ausnahme, dass es keine Bänke gab und kaum bunte Sachen.

„Gefällt es dir?", fragte er.

„Ja, ich mag gotische Kirchen, irgendwie hab ich die Spitzbögen lieb gewonnen."

„Oh, ein Experte, hast du das aus einem deiner Bücher?"

„Ja, ich habe mich mal eine Zeit lang mit der Gotik beschäftigt. Aber, wie kommt es, dass ich diese Kirche noch nie gesehen habe?"

„Du kannst unsere Kirche nur sehen, wenn du weißt, dass sie da ist. Wer keine Ahnung hat, der übersieht sie einfach, sie ist schon da, aber du kannst sie nicht wirklich sehen."

„Warum ist das so?"

„Das weiß ich auch nicht so genau. Sag mal, wie findest du die Fenster?", Alex schien es unangenehm zu sein, mir nicht antworten zu können, also tat ich ihm den Gefallen und fragte nicht weiter nach.

„Etwas farblos, sehr grau, finde ich aber gar nicht schlimm."

„Interessant, was siehst du in den Fenstern?"

Ich betrachtete die grauen und schwarzen Glasscheiben, durch die nur spärliches Licht hereinfiel, hier und da verstreut gab es auch rote Elemente. Zunächst schien es ein komplett sinnfreies Wirrwarr von Kreisen, Punkten und formlosen Flecken, doch dann mischte sich meine Fantasie ein und formte aus den Flecken Wolken, machte die Punkte zu Sternen und die Kreise zu Monden und Planeten.

„Sie sehen aus wie der Nachthimmel oder diese Aufnahmen von Weltraumteleskopen."

„Jeder sieht etwas anderes in diesen Scheiben, das hängt ganz von der Person ab. Jeder ist einzigartig und hat einzigartige Erfahrungen. Ist das nicht wunderbar Mischka?", mit einem Mal schien er sehr emotional zu werden.

„Ja, das ist wunderbar und es ist gut, dass es so ist", stimmte ich ihm zu und beobachtete Alex, der in Gedanken versunken die Fenster betrachtete. Er trug genauso einen schwarzen Mantel wie ich und war ebenfalls mit einem groben Strick umgürtet.

„Warum tragen wir eigentlich Partnerlook oder haben das alle hier an?", fragte ich neugierig.

„Ohne deine Einführung kann meine Reinigung nicht stattfinden und umgekehrt, es ist ein bisschen als würden wir heiraten, das geht auch nur zu zweit. Aber wir haben keine Uniform, falls es das war, was du wissen wolltest."

Alex war unglaublich, er beantwortete die eine Frage und warf mit der Antwort sofort eine neue auf: „Wo du grade davon sprichst, heiratet ihr auch?"

„Ja, auch wir können uns mit einem Gelübde vor Gott verbinden."

„Und auch mit normalen Menschen?"

„Das ist zumindest nicht verboten, aber ich habe noch nie von einem Fall gehört, in dem das so war.", er schwieg kurz und fuhr dann fort, „würdest du das denn wollen oder warum fragst du?"

„Ich bin neugierig, aber es gibt keinen normalen Menschen, den ich so liebe, dass ich ihn heiraten wollte."

Alex nickte.

„Und wie ist das mit Homosexuellen? Die katholische Kirche sieht das ja sehr eng."

Mein Begleiter wollte gerade antworten, als aus der Tür, durch die wir zuvor hereingekommen waren, zwei in wallende schwarze Gewänder gekleidete Männer traten und begannen, die Kerzen anzuzünden.

„Wir sollten jetzt auf unsere Plätze gehen, alles was du tun musst, wird dir gesagt!", flüsterte Alex mir zu und zog mich dann hinter sich her auf den Altar zu, der in der Mitte des hohen Raumes auf einer Erhöhung stand. Zuerst zwei schmale und danach zwei breite Stufe erhoben den Altar über den restlichen Boden, auf der untersten Stufe ließ er mich niederknien, während er sich auf der unteren der beiden breiten Stufen hinkniete.

Ich hatte Angst vor dem, was kommen würde, wenn man solche Geschichten in Büchern liest, sind sie nicht halb so gruselig, wie wenn man in dieser echten Welt, mittendrin, direkt dabei ist.

Während Alex und ich am Altar knieten, kamen immer mehr schwarz gekleidete Gestalten schweigend herein und zündeten Kerzen an oder knieten sich an scheinbar fest zugeteilten Plätzen auf den harten Steinboden. Gerne hätte ich sie weiter beobachtet, doch ich traute mich nicht, den Kopf zu drehen.

Meine Knie begannen zu rebellieren, was komisch war, denn ich hatte ja kein Blut mehr in mir, dass sich hätte anstauen können. Jedenfalls war ich es nicht gewohnt so lange zu knien und schon gar nicht auf eiskaltem Steinboden, dabei hatte die Messe, das Ritual oder was auch immer es sein mochte, noch gar nicht begonnen.

Alex schien zu beten, jedenfalls murmelte er vor sich hin und ich beschloss, mich seinem Beispiel anzuschließen, wobei mir auffiel, dass ich noch nie wirklich bewusst zu Gott gesprochen hatte.

„Hallo Gott, ich habe noch nie wirklich mit dir geredet, aber jetzt habe ich Angst. Ziemlich feige von mir, erst jetzt zu dir zu sprechen. Das, was in dem Buch steht, dass Alex mir gezeigt hat, wenn es stimmt, dann bist du wunderbar, dass du alles und jeden liebst, mit allen Fehlern, die wir haben. Danke, dass du mich auch liebst!", flüsterte ich und mit jedem Wort wurde mir etwas wärmer, die Angst glitt von mir und meine Knie schmerzten weniger. Das konnte zwar auch daran liegen, dass sie langsam taub wurden, doch ich fühlte mich sicherer und glaubte fest daran, dass Gott mein Gebet genau gehört hatte.

Nach einer halben Ewigkeit begann plötzlich die Orgel zu spielen, die wie ein Wespennest und doch gigantisch an einer Wand zwischen den Säulen klebte. Sie spielte keine mir bekannte Melodie, doch feierlich und erhaben klangen ihre Pfeifen.

Genauso erhaben und feierlich schien auch die winzige Prozession, die jetzt die Kirche betrat. Vorneweg schritt eine in eine Art schwarze Mönchskutte gekleidete Person, die Kapuze tief ins Gesicht gezogen und ein Kruzifix in den Händen tragend, direkt darauf folgten zwei ebenso Gewandete. Der eine trug ein Weihrauchfass, der andere ein Schiff, in welchem das Räucherwerk aufbewahrt wurde.

Die Drei schienen eine Art Messdiener zu sein, denen ein Mann höchstens Mitte Dreißig folgte. Zuerst wunderte ich mich, dass dieser noch recht junge Mann der Älteste hier sein sollte, doch dann erinnerte ich mich, dass die Kinder der Nacht ja nicht wirklich alterten. Er trug ein schwarzes Messgewand, mit dunkelroten und silbernen Stickereien, in seinen Händen lag auf einem blutroten Kissen die Dornenranke.

Der erste Messdiener machte an der untersten Altarstufe eine Kniebeuge, stellte dann das Kruzifix auf dem Altar ab, wonach er die Stufen wieder hinab stieg und nach neuerlicher Kniebeuge aus meinem Blickfeld verschwand. Vermutlich kniete er sich zu den anderen schwarzen Gestalten.

Auch der Priester und die anderen beiden Messdiener traten nach einer Kniebeuge zum Altar hinauf, auf diesem wurde das Kissen mit der Ranke abgelegt.

Der Messdiener mit dem Weihrauchfass öffnete es, wonach der Priester etwas von den Körnern mit einem Silberlöffel aus dem Schiff nahm und auf die glühenden Kohlen im Fass streute. Sofort begann sich der harzig-würzige Geruch in der kühlen Luft zu verteilen. Die drei verneigten sich und während die Messdiener wie ihr Kollege aus meinem Sichtfeld verschwanden, lief der Priester, das Weihrauchfass schwenkend, dreimal um den Altar herum.

Auf der Alex und mir gegenüberliegenden Seite des Altars blieb er stehen, entledigte sich des Rauch und Duft verströmenden Gefäßes und erhob die Stimme: „Kinder der Nacht, wir beginnen diese Messe im Namen des Vaters und des Sohnes und des Heiligen Geistes. Amen."

Wie automatisch bekreuzigte ich mich zu diesen Worten, ich war zwar nicht all zu oft in der Kirche gewesen, aber das hatte ich schon mitgenommen.

„Heute werden wir eine weitere Seele in unsere Gemeinschaft aufnehmen, nach dem Ritual wird es ihm freistehen, zu gehen wohin er will. Mit diesem Ritual wird auch Aleksej das Sakrament der Reinigung empfangen. Doch zuerst wollen wir unseren Taufbund erneuern, der uns ewig mit Christus verbindet und uns zu einem Teil seiner Gemeinschaft macht!"

Langsam trat er hinter dem Altar hervor und stand jetzt direkt vor Alex.

„Widersagt ihr dem Bösen, um in der Freiheit der Kinder Gottes als Kinder der Nacht leben zu können?"

Geschlossen antworteten wir: „Ich widersage."

„Widersagt ihr den Verlockungen des Bösen, damit es nicht Macht über euch gewinnt?"

„Ich widersage."

„Glaubt ihr an Gott, den Vater, den Allmächtigen, den Schöpfer des Himmels und der Erde?"

„Ich glaube", ja, das tat ich und in diesem Augenblick mehr als je zuvor!

„Glaubt ihr an Jesus Christus, seinen eingeborenen Sohn, unseren Herrn, der sein Blut vergießen ließ zur Vergebung aller Sünde, der gelitten hat und begraben wurde, von den Toten auferstand und zur Rechten des Vaters sitzt?"

„Ich glaube."

„Glaubt ihr an den Heiligen Geist, die heilige christliche Kirche, die Gemeinschaft der Heiligen, die Vergebung der Sünden, die Auferstehung der Toten und das ewige Leben?"

„Ich glaube."

„Nun da wir unseren Glauben bestätigt haben, wollen wir unseren gütigen und barmherzigen Gott um seinen Segen bitten für Aleksej und Michael. Herr, schenke ihnen deinen Geist, dass sie aus freiem Willen nach deinem Beispiel handeln, wahr im Reden, verlässlich im Tun. Schenke deinem Sohn Michael durch das Blut deines Sohnes, dass für viele vergossen wurde ein neues Leben und lass ihn in deiner Liebe geborgen sein. Amen."

Der Priester trat an Alex vorbei und stand nun direkt vor mir: „Erhebe dich Michael und lege dein Gewand ab, denn wie der Herr dich geschaffen und im Mutterleib geformt hat, so sollst du nun auch dein neues Leben erhalten."

Es war mir zugegebener Maßen sehr peinlich, jetzt nackt vor diesen Menschen zu stehen, die ich nicht kannte, doch dann erinnerte ich mich an Jesu Worte im Ölberg: Doch nicht wie ich will, sondern wie du willst ... und tat, wie mir geheißen wart.

„Knie nieder Michael! Der Herr wird bei dir sein!"

Splitterfasernackt kniete ich nun auf der untersten Altarstufe, wartete ab, was geschehen würde und spürte die Augen der anderen Kinder der Nacht in meinem Rücken. Nicht so unangenehm, wie dieses Gefühl der Beobachtung, das ich im Wald verspürt hatte, sondern mehr wie eine Bestärkung.

Mit dem Kissen schritt der Priester die Altarstufen hinunter und blieb neben mir stehen. Die Orgel, welche während des Gebets verstummt war, begann nun erneut zu spielen und selbst sie schien mir den Rücken stärken zu wollen.

Der Priester erhob erneut seine Stimme: „Brüder und Schwestern, Kinder der Nacht, kommt jetzt zu mir und erlöst Michael durch die Dornen der Rose, die auch das Haupt unseres Herren Jesus Christus krönten, damit er durch den Bund des Blutes ein neues Leben erhält!"

Ich schluckte, ein wenig mulmig zu Mute war mir schon. Klar, ich würde sterben, wenn ich das Ritual nicht durchlaufen würde, doch einen kurzen Augenblick überlegte ich wirklich, ob ich nicht einfach weglaufen sollte. Aber das warme Gefühl, das mich auch nach meinem Gebet erfasst hatte, wurde wieder stärker und machte mir Mut. Ich konnte nach dem Ritual immer noch weggehen und zu Großmutter zurück.

Hinter mir erhoben sich die Kinder der Nacht, ich traute mich nicht, den Kopf zu drehen, um zu sehen, wer da kam um mir eine Dornenranke über den Rücken zu ziehen, vielleicht war es ja auch besser so. Also traf mich der erste Schlag völlig unvorbereitet, obwohl es nicht so sehr schmerzte, wie ich erwartet hatte.

Neben mir kniete ein Mann nieder und begann mit einer tiefen Stimme zu murmeln: „Vater vergib mir, ich tat es, damit er sein neues Leben erhält. Amen."

Danach stand er auf und ging, während hinter mir der Nächste herantrat.

Der zweite Schlag schmerzte schon mehr, obgleich die Person nicht viel fester geschlagen hatte. Als sie neben mir auch die Knie fiel, erkannte ich eine verschleierte Frau, die mit den gleichen Worten um Vergebung bat wie vor ihr der Mann.

Immer wieder gruben sich die Dornen in meinen Rücken und hätte ich noch Blut in mir gehabt, so wäre es warm und in Strömen aus den Wunden geflossen. Nach dem fünften Schlag spürte ich die erste Veränderung. Um nicht schreien zu müssen hatte ich mir auf die Unterlippe gebissen und plötzlich stachen meine Eckzähne mir ins eigene Fleisch.

Alex hatte mich gewarnt, aber ich hatte es einfach verdrängt, es hatte so viel Spannenderes gegeben, das er erzählt hatte. Mit jedem Schlag wurden sie länger und spitzer.

Mit jedem Schlag schmerzte mein Rücken mehr, doch ich bemerkte auch, dass die anderen es nicht gerne taten, zwei weinten sogar.

Zwanzig waren es, zwanzig gereinigte, die mich schlugen, damit ich ein neues Leben erhielt, aber es kam mir vor, als währen es zwanzigtausend.

Der letzte in der Reihenfolge war der Priester selbst, sein Schlag, der letzte Schlag, der Dornenranke, war der schlimmste und ich wimmerte leise auf, krümmte mich und fiel fast um, als er mich traf. Doch dann hatte ich es geschafft, fast, ich musste ja noch Alex beißen und mir zumindest einen Teil meines Blutes zurückholen.

Nachdem der letzte Peiniger sich nach seiner Bitte um Vergebung erhoben hatte, forderte er mich auf: „Erhebe dich Michael und lege dein Gewand wieder an!"

Zitternd griff ich nach dem weichen Mantel, stand auf, zog ihn an und band ihn mit dem groben Strick zu. Der Stoff brannte auf den Wunden, doch so fühlte ich mich schon wesentlich sicherer.

„Und auch du Aleksej, steh auf, damit das Opfer deiner Sünde, ein neues Leben erhalten kann!", sagte der Priester zu Alex gewandt und dann zu mir: „Geh zu ihm und nimm dein neues Leben aus Gottes Händen, durch dein eigenes Blut an!"

Immer noch etwas wackelig trat ich auf Alex zu, drei Stufen, dann stand ich direkt vor ihm und hatte nicht den leisesten Schimmer, was ich tun sollte. Mein Rücken brannte scheußlich, sodass ich nicht einmal einen klaren Gedanken fassen konnte. Zum Glück kam mir mein Gegenüber entgegen, indem er seinen linken Ärmel hochschob und mit der rechten Hand über eine deutlich durch seine blasse Haut hindurchschimmernde Ader fuhr.

Ich nahm seinen Arm und biss zu, schmeckte das Blut, das eigentlich meines war, es war kalt, genauso kalt wie Alex' Arm. Sobald es meine Lippen berührte, begann ich mich besser zu fühlen, die Schmerzen im Rücken und den Knien, die Kälte und alles was mich belastete fiel von mir ab. In meinem Rausch trank ich weiter und weiter, achtete nicht auf Alex' schmerzverzerrtes Gesicht, nicht auf sein Aufstöhnen, wollte mehr haben immer mehr. Doch plötzlich war es vorbei, es hörte einfach auf, es gab kein Blut mehr und mit dem letzten Tropfen, den ich herunterschluckte, endete auch der Rauschzustand.

Ich hatte ihn verletzt, er mich zwar auch, aber das war noch lange kein Grund, es ihm mit gleicher Münze heimzuzahlen, was hatte ich getan? Dazu kamen auch noch die Schmerzen im Rücken zurück.

„Schon gut, das ist beim ersten Mal so, du hast alles richtig gemacht", flüsterte Alex beruhigend, der scheinbar genau wusste, wie es mir ging.

„Tritt zurück Michael! Der Herr gab dir ein neues Leben, dir steht frei, zu gehen wohin du willst, sobald Aleksej das Sakrament der Reinigung empfangen hat! Knie' dich zu den anderen noch nicht gereinigten", der Priester zeigt auf die Messdiener und ich folgte seinen Anweisungen.

Die Orgel verstummte wieder.

Als ich meinen Platz eingenommen hatte, begann der Priester wieder: „Aleksej, Kind der Nacht und Sohn des einen Vaters, um nun das Sakrament der Reinigung empfangen zu können, musstest du die größte Sünde begehen, zu der eine sterbliche Seele fähig ist, du musstest einen Menschen töten. Doch um deine Seele nicht diesen unsäglichen Schmerzen auszusetzen, wurde Michael soeben ein neues Leben geschenkt. Bitte also jetzt Gott um sein Erbarmen!"

Alex kniete wieder nieder und begann laut und mit leicht zitternder Stimme zu sprechen: „Confiteor Deo omnipotenti, et vobis, liberis noctis, quia peccavi nimis cogitatione, verbo, opere et omissione: mea culpa, mea culpa, mea maxima culpa. Ideo precor omnes angelos et sanctos, et vos, liberos noctis, orare pro me ad Dominum, Deum nostrum!"[1]

Den letzten Satz schluchzte er nur noch und sobald das letzte Wort seine Lippen verlassen hatte,

---

[1] Übersetzungen für diesen und die folgenden lateinischen Texte finden sich im Anhang.

brach Alex in Tränen aus, in mir brannte das Bedürfnis, zu ihm zu rennen, um ihn zu trösten. Doch er musste die Reinigung alleine durchmachen, sowie ich die Schmerzen unter den Dornen. Was er da gesagt hatte, war das Schuldbekenntnis, Latein war immerhin eines meiner stärksten Fächer, doch irgendetwas war nicht ganz richtig gewesen oder zumindest wich es vom Originaltext ab. Was genau es war, dafür waren meine Kenntnisse allerdings nicht ausreichend.

Neben Alex stand der Priester, er legte Alex die Hand auf seine inzwischen nass geschwitzten Haare und sagte: „Kinder der Nacht, lasst uns für Aleksej beten!"

Mit allen anwesenden betete ich das Vaterunser: „Pater Noster, qui es in caelis, sanctificetur nomen tuum. Adveniat regnum tuum. Fiat voluntas tua, sicut in caelo, et in terra. Panem nostrum quotidianum da nobis hodie. Et dimitte nobis debita nostra, sicut et nos dimittimus debitoribus nostris. Et ne nos inducas in tentationem: sed libera nos a malo. Quia tuum est regnum et potestas et Gloria in saecula. Amen."

Ich war ziemlich stolz, dass ich es noch ganz auf Latein zusammenbekommen hatte, aber Zeit mich zu wunder hatte ich keine, denn gleich ging es mit dem Ave Maria weiter: „Ave Maria, gratia plena, Dominus tecum. Benedicta tu in mulieribus et benedictus Fructus ventris tui Jesus. Sancta Maria, Mater Dei, ora pro nobis peccatoribus, nunc et in hora mortis nostrae. Amen."

Jetzt wuchs meine Angst wieder, in dieser Zusammensetzung hatte ich die beiden Gebete bis jetzt nur bei Beerdigungen gehört. Doch dieser Zustand hielt nicht sehr lange an und verflog, schnell wieder, als Alex sich auf Geheiß des Priesters hin erhob und mir zulächelte.

Und dann war es vorbei, die Messe war zu Ende und der Priester entließ uns mit dem Schlusssegen: „Kinder der Nacht, es segne euch der allmächtige Gott, der Vater und der Sohn und der Heilige Geist!"

„Amen."

Kapitel 5

Alex stürzte die Stufen hinunter auf mich zu und schloss mich in die Arme, wobei er scheinbar die Wunden auf meinem Rücken vergaß: „Jetzt bist du einer von uns Mischka!"

Etwas verdutzt von dieser plötzlichen körperlichen Geste und geschwächt von den Schmerzen die diese nun wieder verstärkt hatte, wusste ich nicht genau, was ich jetzt antworten sollte, und stotterte mit schmerzverzerrtem Gesicht: „Ähm, gratuliert man sich zu diesem Sakrament der Reinigung irgendwie?"

„Oh bitte entschuldige, dass ich dich so überfallen habe, ich habe nicht daran gedacht ...", er ließ mich los, „Nein, man gratuliert sich nicht. Wir feiern es auch nicht, außer in der Messe eben, aber es ist Tradition, dass ich jetzt deine Wunden versorge."

„Oh, ok", schon zog Alex mich wieder davon, zurück durch die Tür, die Wendeltreppe hinunter, den Gang entlang, durch eine weitere Tür, eine weitere Treppe hinunter und schließlich endeten wir in einer kleinen Kammer. Ein Sarg stand an der rechten Wand, einer an der linken, gegenüber der Tür befand sich zwischen einem Bücherregal und einer weiteren Tür ein Schreibtisch. Ich folgte Aleksej und drehte mich einmal im Kreis, links neben der Tür stand ein schwarzer Kleiderschrank, rechts ein Sofa aus schwarzem Leder, auf dem ich die Ratte wieder entdeckte.

„Gefällt es dir? Mein kleines Reich!", fragte er mich und korrigierte sich sofort, „Unser Reich natürlich!"

„Es erinnert mich an mein Zimmer, werden wir zusammen hier leben?"

„Ja, wenn du hierbleibst, dann leben wir zusammen hier, bis du die Reinigung erfährst."

„Und dann wohne ich mit dem neuen Kind der Nacht zusammen, dass ich erschaffen haben werde?"

„Korrekt!", Alex lächelte, diese Reinigung musste ihm sehr gutgetan haben.

„Behalte ich das jetzt an?", fragte ich und zupfte an dem schwarzen Mantel.

„Nein, nein, du bekommst was anderes", grinste er, während er auf den Schrank zu ging.

Er öffnete eine Schublade und warf mir ein Paar schwarze Boxershorts zu, dann holte er ein ebenfalls schwarzes T-Shirt mit Totenkopflogo heraus, behielt es aber in der Hand.

Als sich mein Mitbewohner wieder zu mir umdrehte, stand ich immer noch mit der Boxershorts in den Händen da und sah in an.

„Ist was?"

„Äh, nein, also, wieso ist hier eigentlich alles schwarz?"

„Wir sind in der Nacht entstanden, die Nacht ist Schwarz, also tragen wir schwarze Klamotten und umgeben uns ganz mit dieser Farbe." Das machte mir nichts aus, im Gegenteil ich trug ja eh nur schwarze Sachen.

„Du kannst auch ins Bad gehen, wenn dir das lieber ist.", er deutete auf die Tür neben dem Schreibtisch.

Eine mir unbekannte Unbeschwertheit ergriff mich: „Quatsch, kein Problem!"

Ich band den Strick auf, ließ den Umhang fallen und schlüpfte in die Boxershorts.

„Leg dich doch auf das Sofa, dann kann ich deine Wunden besser versorgen."

„Ähm, was ist mit deiner Ratte?"

„Oh, entschuldige bitte! Einen Moment!", Alex schob sich an mir vorbei, hob das kleine Wesen behutsam auf und setzte es auf dem rechten Sarg ab, wo es sich sofort wieder einrollte.

Während Alex eine Dose vom Schreibtisch nahm, legte ich mich auf das armlehnenlose Sofa und versuchte, mich zu entspannen. Leise Orgelmusik erklang vom Schreibtisch her, als er wieder zu mir trat: „Ich hoffe, das trifft deinen Geschmack?"

„Die Musik? Ja, woher weißt du ...?"

„Ich musste einiges recherchieren, bevor ich dich ausgewählt habe ... Schön, dass es dir gefällt. Vielleicht machst du die Augen zu, es tut etwas weh, dafür wird es danach schnell besser."

Nein, ich wollte sehen können, mit meinen Augen, die kein Licht mehr brauchten. Alex kniete sich neben das Sofa und drehte die Dose auf, ein süßlicher Geruch entströmte ihr. Es dauerte einige Augenblicke, bis ich den Rosenduft erkannte und schloss schließlich doch die Augen um mich auf ihn konzentrieren zu können: sehr süßlich, fast aufdringlich, noch nicht unangenehm, aber dicht an der Grenze, dazu mischte sich etwas zitroniges, säuerliches. Der Geruch ist eine spannende Sache, man kann ihn nicht wirklich mit Worten beschreiben, sogar Bücher haben ihren ganz eigenen Duft, jedes riecht anders.

Dann fing es an, zu brennen, Alex hatte begonnen die kühle Paste auf meinen Wunden zu verstreichen: „Ich habe dich gewarnt, Mischka. Aber es wird gleich besser!"

Ja, er hatte mich gewarnt, aber gewaltig untertrieben. Der Schmerz raubte mir den Atem, dass ich glaubte, ich müsse im nächsten Augenblick ersticken. Es fühlte sich an, als hätte er hochprozentige

Salzsäure über meinen mein Rücken gekippt und ihn nicht mit Rosenpaste eingerieben. Und dann, dann war es verschwunden. Es hatte einfach aufgehört, als hätte mein Rücken sich nie unter den Schlägen mit der Dornenranke gekrümmt.

Ich konnte wieder frei atmen: „Danke, Alex!"

„Nichts zu danken", mit diesen Worten reichte er mir das T-Shirt und ich wollte es schon überziehen, als mir noch etwas einfiel. Vorsichtig tastete ich meinen Rücken ab, fühlte aber nichts, weder Narben noch sonstige Überbleibsel, die hätten beweisen können, dass mich die Ranke auch nur gestreift hatte.

„Toll nicht? Wir behalten nur, was schon vor unserer Einführung passiert ist. Die Bissmarken bleiben als Narben."

„Erstaunlich", flüsterte ich und schlüpfte in das Shirt, es war etwas zu groß, aber nicht viel. Das mochte daran liegen, dass ich einfach nicht so muskulös war wie Alex.

„Wolltest du mir nicht noch jemanden vorstellen?", erkundigte ich mich und warf einen Blick auf den kleinen Nager.

„Wie bitte? Ach so, natürlich!", Alex brauchte einen Augenblick, um meine Andeutung zu verstehen.

Genauso behutsam wie zuvor nahm er das pelzige Wesen auf den Arm und trat zu mir hinüber: „Das ist Hamlet!"

Ich lachte: „Magst du Shakespeare?"

Alex deutete auf meine Brust: „War das nicht offensichtlich?"

Ich schaute an mir hinunter und erst jetzt bei genauerer Betrachtung bemerkte ich, dass das Totenkopflogo aus den Zeilen eines mir wohlbekannten Dramas bestand.

„Das ist ja cool!"

„Wenn du möchtest, kannst du es behalten, ich habe drei davon...", grinste er etwas verlegen.

„Darf ich ihn mal streicheln?", ich deutete auf Hamlet.

Er nickte und ich streckte vorsichtig meine Hand aus, das Fell des kleinen Wesens war erstaunlich weich und flauschig. Bei genauerer Betrachtung fiel mir auf, dass der weiße Fleck auf dem Kopf der Ratte ein wenig an einen Schädel erinnerte und ich musste grinsen.

„Möchtest du deine Großmutter besuchen?", fragte Alex ganz unvermittelt und setzte Hamlet auf seine Schulter.

Wie hatte ich das bloß vergessen können und was war eigentlich aus meiner Schultasche, meinen Büchern geworden, was dachte Herr Weber bloß?

Als hätte er meine Gedanken gelesen, bekam ich von Alex gleich ein paar passenden Antworten: „Deine Tasche und deine Bücher stehen dort neben dem Schreibtisch, dein Handy ist auch drinnen, die Sachen mussten wir nicht verbrennen."

„Und was ist mit Herrn Weber?"

„Der Mann, dem der Antiquitätenladen gehört?"

„Ja, genau der ..."

„Der kam gerade wieder herein, als ich dich durch die Hintertür raustragen wollte. Ich sagte ihm, dir ginge es nicht gut und ich würde mich um dich kümmern. Die reine Wahrheit."

„Und das hat er dir einfach so geglaubt?"

„Ja, die Menschen spüren die Wahrheit ..."

„Wie du meinst. Wir können jetzt einfach so zu meiner Großmutter gehen?"

„Wenn du nicht hierbleiben willst, kannst du auch einfach so zurückgehen und weitermachen wie bisher."

„Nein, ich kann mich ja bis zu meiner Reinigung immer noch dagegen entscheiden. Ich werde erst einmal bleiben ..."

„Schön, dann habe ich ja was zu tun!"

„Und wie kommen wir zu meiner Großmutter? Mit dem Bus brauche ich zwanzig Minuten."

„Du kannst doch Motorrad fahren?"

„Ja, aber was hat das damit zu tun?"

„Die Kinder der Nacht sind nicht in der Antike stehen geblieben, wir haben auch einige moderne Vehikel, unter anderem auch fünf Motorräder ..."

„Das hättest du auch gleich sagen können, oder?"

„Ja klar, aber wir haben doch keinen Zeitdruck."

Es waren nicht einfach Motorräder: fünf nacht-schwarze Triumph Maschinen, zwei Scrambler und drei Bonville. Wir standen in einer Mischung aus großer Garage und Werkstatt, die wir von hinten durch eine Tür betreten hatten. Ich trug inzwischen auch eine Hose und kniehohe Springerstiefel, Alex hatte sich ebenfalls umgezogen und sah nun ähnlich aus, wie am Nachmittag im Antiquariat. Auf der gegenüberliegenden Seite befand sich ein großes Tor, das in mir eine Frage weckte: „Ähm Alex, wie kann dieses Tor nach draußen führen? Wir sind zwei Stockwerke unter der Kirche gewesen und haben keine Treppen genommen ..."

„Richtig, wir sind unter der Kirche *gewesen*, jetzt sind wir nicht mehr darunter. Jetzt sind wir in einer Lagerhalle am Fluss."

„Aber wie ...?"

„Tunnel", antwortete mein Begleiter knapp, während er mir winkte, ihm zu einem Metallschrank zu folgen, aus dem er nacheinander zwei Helme, zwei Paar Handschuhe und zwei Jacken heraus zog.

„Ich hoffe, es passt einigermaßen."

„Es geht" antwortete ich, nachdem ich in die Sachen geschlüpft war.

„Gut, welche möchtest du nehmen?"

„Eine von den Scramblern, und du?"

„Die andere Scrambler."

Mein Begleiter setzte sein Haustier in die Satteltasche seines Motorrads und gemeinsam schoben wir das Tor auf; kalte Nachtluft strömte uns entgegen. Durch das geöffnete Visier spürte ich die kühle Frische, ich liebte dieses Gefühl, ich liebte die Nacht.

Für mich war die Nacht nie dunkel, sie machte mich nicht müde, sondern wach, weckte all die Sinne, die tagsüber nur abgestumpft wurden. Die Nacht war mein Tag, der Mond meine Sonne, die Schatten meine Freunde, die Straßenlaternen waren Ruhestörer meiner düsteren Stille. Die Luft roch nach Leben, ließ mich Atem holen, vor dem hellen, grellen, lauten, schnellen Alltag. Die Dunkelheit war ein Versprechen und so viel spannender, so viel geheimnisvoller als der helle Tag.

Wenige Augenblicke später saßen wir auch schon auf unseren Maschinen und rollten auf die schmale Uferstraße. Während Alex das Tor schloss, sah ich mich um. Die Gegend kannte ich ein wenig, manchmal saß ich im Sommer abends zum Lesen hier.

Wir folgten der Straße, bis sie auf eine der größeren Straßen traf, bewegten uns durch den spärlichen Verkehr aus der Stadt hinaus und flogen dann die nächtlichen Landstraßen entlang. Im Vergleich zu dieser Maschine war jedes Motorrad, auf dem ich zuvor gesessen hatte nicht mehr als ein Laufrad.

Als wir das Haus meiner Großmutter erreichten, schlugen die Glocken der Dorfkirche gerade Halbein und ich fragte mich, ob sie überhaupt noch wach war, doch schon wurde die Haustür aufgerissen. In ihren weichen Morgenmantel gehüllt, stolperte sie mir entgegen und verpasste mir kaum, dass ich den Helm abgenommen hatte, eine schallende Ohrfeige, sie hatte mich noch nie geschlagen. „Mach das niemals wieder Mischka, mich so in Angst und Ungewissheit zu lassen!", zischte sie.

„Babuschka, wir haben einiges zu besprechen. Das ist Alex", ich zeigte hinter mich, wo ich meinen Begleiter vermutet hatte, doch er stand schon direkt neben mir, Hamlet auf der Schulter und streckte ihr die Hand hin.

„Ja, das glaube ich auch, Mischka. Kommt rein Jungs, es wird kalt!", sagte sie und ignorierte dabei sowohl Alex Hand als auch die Ratte gekonnt.

Drinnen nahmen wir an dem schweren Holztisch Platz, der auch schon in der russischen Heimat meiner Vorfahren das Esszimmer verschönert hatte.

„Babuschka, ich bin jetzt Teil einer christlichen Glaubensgemeinschaft ..."

„Mischka, ich habe dir doch beigebracht, was das für Sekten sind! Sie werden dich nie wieder gehen lassen!"

„Das ist nicht wahr, wenn das so währe, dann würde ich hier jetzt nicht sitzen und außerdem kann ich die nächsten zwanzig Jahre jeder Zeit aussteigen. Ich weiß noch nicht, wie lange ich bei den Kindern der Nacht bleiben werde, vielleicht für immer. Aber ich werde es mir erst einmal anschauen."

„Stimmt das?", wandte sich meine Großmutter nun an Alex.

„Ja, er kann uns verlassen, wann immer er will."

„Und was ist mit der Schule? Dein Abitur!"

„Ich werde dort viel über meinen Glauben lernen und wenn ich aussteigen sollte, dann kann ich immer noch ein FSJ machen und habe dann mein Fachabi!"

Sie schien protestieren zu wollen, gab dann aber doch klein bei: „Wie du willst, mein Junge. Es ist schließlich dein Leben und wenn du deinen Glauben bei diesen Leuten gefunden hast, bin ich auch glücklich!"

„Danke Babuschka."

„Ich will doch nur, dass du glücklich bist."

„Mischka müsste ein paar Sachen packen", mischte sich Alex ein.

„Geht nur Jungs, ich mache euch eine Tasse Tee!"

„Oh, nein Danke, für mich nicht!", wich mein Begleiter der Einladung aus.

„Für mich schon, danke Babuschka!"

Ich führte Alex die Treppe nach oben und in mein Zimmer, wo ich unter dem Bett einen großen Rucksack hervorzog und begann Klamotten aus meinem Schrank hineinzustopfen.

„Hübsch hast du's hier!"

„Danke, meiner Großmutter gefällt es nicht so gut …"

„Kann ich dir helfen?"

„Ja, auf dem Bücherregal über dem Schreibtisch stehen meine Lieblingsbücher, könntest du sie einpacken? Hamlet, kannst du gerne auf dem Bett absetzen."

„Klar! Danke", antwortete Alex, setzte die Ratte ab und begann die Bücher in meine Schultasche zu packen.

Als wir nach kaum zehn Minuten fertig waren und Hamlet wieder auf der Schulter seines Besitzers saß, fiel mein Blick auf den Spiegel, der unter dem Regal mit meinen Lieblingsbüchern über dem Schreibtisch hing: „Wie ist das eigentlich mit Spiegeln, kann man uns im Spiegel sehen?"

Alex nahm mir meine Tasche ab und zog mich vor den Spiegel: „Kannst du deine Frage jetzt selbst beantworten?"

Im Spiegel sah ich nur einen schlaksigen Jungen mit langen rotbraunen Locken und leichtem Kinnbart, der in schwarzen Klamotten steckte, das war ich, von Alex keine Spur. Nur der kleine Nager schwebte scheinbar in der Luft.

„Also verschwindet mein Spiegelbild erst nach der Reinigung?"

„Du hast es erfasst!", lobte mein Begleiter mich.

„Ist das nicht ein wenig kompliziert, wenn man sich die Haare machen will?"

„Noch habe ich es nicht ausprobiert, aber ich denke man gewöhnt sich dran."

Nun da diese Angelegenheit auch geklärt war, konnte ich unter den wachsamen Augen meiner Großmutter meinen Tee trinken.

Dann zog ich mir meine eigenen Motorradsachen an und wir verabschiedeten uns.

„Pass auf dich auf mein Junge und schau mal vorbei!", flüsterte sie, während sich in ihrem Augenwinkel eine Träne zu bilden begann.

„Natürlich Babuschka! Mach dir bitte keine Sorgen ..."

„Das habe ich schon lange aufgegeben, es ändert nichts an der Realität!", schluchzte sie, als ich mich mit schlechtem Gewissen auf die Scrambler schwang.

Lektion 2 - Gottes Liebe ist allgegenwärtig

Es gibt nichts, das größer ist als Gottes Liebe für jedes seiner Geschöpfe, alles was Leben in sich trägt, ist entstanden aus seiner unfassbar großen Liebe.

(Gen 1,31: Gott sah alles an, was er gemacht hatte: Es war sehr gut. [...])

Diese Liebe ist nicht greifbar, für den menschlichen Verstand vollkommen unbegreiflich. Seine Liebe ist so groß, dass es keine Sünde gibt, die er nicht vergeben könnte, und sie gilt für alle Menschen, genauso wie für jedes Tier und jede Pflanze. Sie macht weder einen Unterschied zwischen Frau und Mann, noch zwischen Mensch und Tier, noch zu irgendeinem anderen Lebewesen!

Sie ist stärker als alles andere!

(Röm 8,38 - 39: [...] Weder Tod noch Leben, weder Engel noch Mächte, weder Gegenwärtiges noch Zukünftiges, weder Gewalten der Höhe oder Tiefe noch irgendeine andere Kreatur können uns scheiden von der Liebe Gottes, die in Christus Jesus ist, unserem Herrn.)

Sie hat weder Anfang noch Ende!

(Jer 31,3: [...] Mit ewiger Liebe habe ich dich geliebt, [...])

Gott liebt uns nicht einfach, auch sät er nicht nur seine Liebe in uns, er ist die Liebe in uns, damit wir einander lieben können, wie er uns alle liebt.

(Joh 4,16: [...] Gott ist Liebe, und wer in dieser Liebe bleibt, der bleibt in Gott und Gott in ihm.)

Diese Liebe wird niemandem aufgezwungen, man ist nicht dazu verpflichtet seine Mitmenschen, seine Nächsten zu lieben, wer aber den Auftrag Jesu annimmt, den stärkt diese Liebe auch selbst.

(Mk 12,31: [...] Du sollst deinen Nächsten lieben, wie dich selbst. [...])

Was aus Liebe geschieht, das geschieht aus voller Überzeugung, aber nicht alles, was aus scheinbarer Liebe geschieht, ist gut: Wer glaubt, aus Liebe einen anderen Menschen töten oder diesem, auf welche Art auch immer, schaden zu müssen, der handelt nicht aus Liebe, denn wer wahre Liebe hat, wäre zu einer solchen Tat niemals fähig!

Was aber aus wahrer Liebe geschieht, das geschieht in Gott, was aus wahrer Liebe geschieht, ist nicht falsch und führt nicht zum Schaden eines anderen.

Dabei ist es nicht von Bedeutung, wem diese Liebe gilt, ob eine Frau eine andere Frau oder einen Mann liebt, ob ein Mann einen anderen Mann oder eine Frau liebt. All das spielt keine Rolle, genauso wenig, die Art der Liebe, welche die Menschen verbindet, wenn es wahre Liebe ist.

Kapitel 6

Ich legte das Buch aus der Hand und sah Alex fragend an: „Lese ich jetzt einfach jeden Tag eine Lektion hieraus?"

Wir saßen wieder in dem „Klassenzimmer" und fuhren mit dem Unterricht fort. Der kleine Hamlet, nun deutlich wacher als am Tag zuvor jagte Spinnen unter den Pulten.

„Nein, das ist nur am Anfang so, du wirst eine Aufgabe in unserer Gemeinschaft übernehmen, dazu erkläre ich dir gleich mehr, und dann liest du nur noch einmal im Monat eine Lektion. Je weiter du vorankommst, desto mehr musst du auch reflektieren und hinterfragen, was da geschrieben steht!"

„Das ist ja wie in Deutsch ..."

„Mag sein, jetzt kommen wir aber zu den Aufgaben von denen ich gesprochen habe. Wir haben Leute, die Kontakt mit Kindern der Nacht in anderen Städten halten, wir unterstützen mehrere Hilfsorganisationen, außerdem haben wir Leute in Krankenhäusern, die sich um Blutspenden kümmern ..."

„Heißt das, ihr trinkt Blut, das Menschen gespendet haben, um anderen Menschen zu helfen?"

„Ja, das Blut, das wir trinken, stammt von Blutspenden, aber es ist nicht so, dass wir es jemandem wegnehmen würden. 90 Prozent des gespendeten Blutes werden genutzt, der Rest darf nach einer bestimmten Zeit nicht mehr verwendet werden. Diese restlichen 10 Prozent bekommen wir, das ist das Blut, dass wir in der Messe trinken."

„Ach so und was habt ihr getrunken, als es noch keine Blutspende gab?"

„Davor haben die Kinder der Nacht Blut von Tieren getrunken, die dafür sterben mussten, zum Glück gibt es jetzt die Lösung mit dem gespendeten Blut, sodass niemand sein Leben lassen muss, damit wir leben. Aber man hat bemerkt, dass wir, seit wir gespendetes Blut trinken, noch länger leben. Wir haben auch zwei Leute, die sich mit solchen Dingen beschäftigen, sie glauben, das könnte etwas damit zu tun haben, dass das Blut, das wir jetzt trinken freiwillig gegeben wird."

„Aha. Esst ihr dann auch kein Fleisch?"

„Nein, die von uns, die noch essen, sind Vegetarier."

Hamlet hatte sich einen kleinen Snack gefangen und verdrückte ihn genüsslich.

Mit einem Seitenblick auf sein Haustier fügte er hinzu: „Die Haustiere natürlich nicht. Aber kommen wir zurück zu den Aufgaben."

„Klar, entschuldige, ich wollte nicht ablenken ..."

„Kein Problem, ich sagte ja schon, dass Neugierde sehr menschlich ist. Frag, so viel du willst, was ich weiß und dir sagen darf, werde ich dir erzählen. Du hast sicher auch die Orgel während deiner Einweihung und meiner Reinigung gehört, wir haben auch immer einen Organisten, besser gesagt eine

Organistin, die aber auch noch eine weitere Aufgabe hat."

„Und was machst du so?"

Ich kümmere mich um den Fuhrpark, bevor ich ein Kind der Nacht wurde, habe ich als Automechaniker gearbeitet. Jetzt kümmere ich mich um die Motorräder, Autos und den Kleinbus."

„Und wer sorgt dafür, dass hier alles sauber bleibt?"

„In den Zimmern sorgt jeder selbst für Ordnung, oben im Kirchenraum und in den Fluren machen das die Küster. Und wenn du wie ich einen festen Arbeitsplatz hast, in meinem Fall die Garagen, dann musst du da auch aufräumen und gegebenenfalls putzen."

„Aha und was machen die Küster außer zu putzen?"

„Sie bereiten die Kirche für Messen und Gottesdienste vor, sorgen dafür, dass Kerzen da sind, die richtige Dekoration und so weiter."

„Könnte ich das Orgelspielen lernen?"

„Natürlich, Ilvy wird es dir beibringen, wenn du möchtest."

„Ilvy?"

„Sie ist die Organistin. Du hast doch gestern während der Zeremonie die drei Messdiener gesehen, das waren drei der noch nicht Gereinigten. Ilvy ist die Vierte und du der Fünfte noch nicht Gereinigte."

„Und wenn ihr alle zusammen trinkt?"

„Dann spielt die Orgel eben nicht ..."

„Und was macht sie noch?"

„Ilvy arbeitet in der Verwaltung."

„Und was könnte ich machen, wenn ich nicht gerade Orgel spiele?"

„Du könntest mir in der Werkstatt helfen, natürlich nur, wenn du magst."

„Oh ich glaube nicht, dass das etwas für mich wäre, ich fahre zwar ganz gerne Motorrad, aber gibt es nicht irgendwas mit Büchern, dass ich tun könnte?"

„Also, wir haben eine Bibliothek, aber da hat sich, zumindest seit ich hier bin noch nie jemand drum gekümmert."

„Okay ..."

„Übermorgen findet deine erste Messe statt, danach können wir mit dem Ältesten sprechen, er kennt sich besser aus als ich."

„Und wie ist das mit dem Orgelspielen?"

„Wenn du magst, können wir sofort schauen, ob Ilvy Zeit für dich hat."

„Super!"

Alex lockte Hamlet mit einem Stückchen getrocknetem Obst zu sich, hob ihn auf die Schulter und wir verließen den Raum.

Ilvy hatte knallrot gefärbte Haare und war etwa einen Kopf kleiner als ich, sie saß in einem Büro mit zwei Schreibtischen, auf denen jeweils ein Laptop stand. Allerdings schien die zweite Person, die in diesem Raum arbeitete gerade nicht da zu sein.

Alex stellte uns vor: „Hallo Ilvy, Mischka hast du ja schon bei seiner Einführung gesehen. Mischka, vor dir steht die weltbeste Organistin!"

„So ein Unsinn, hör nicht auf ihn Miscka. Schön dich kennenzulernen.", begrüßte sie mich, ihre Stimme war tiefer und voller, als ich es erwartet hätte.

„Hallo Ilvy."

„Mischka möchte gerne Orgel spielen lernen, ich habe ihm gesagt, du würdest ihn unterrichten, hast du Zeit?"

„Klar, ich wollte sowieso gleich Schluss machen. Einen Augenblick ...", sich setzte sich an den Laptop, tippte kurz etwas, schloss die offenen Fenster und klappte ihn dann zu.

„So, jetzt bin ich ganz für dich da, können wir gehen?"

„Von mir aus gerne!", jetzt war ich aufgeregt, ich würde das Orgelspielen lernen, so musste sich der kleine Johann-Sebastian gefühlt haben, als sein Onkel ihn zum ersten Mal an dieses mächtige Instrument setzte.

„Kann ich euch alleine lassen?", fragte Alex, „Ich hätte noch das ein oder andere in der Werkstatt zu erledigen."

Mit einem fragenden Seitenblick zu mir, auf den ich ein Nicken erwiderte, antwortete Ilvy: „Klar, Mischka ist schließlich kein Kleinkind."

Alex lachte: „Nein, das sicher nicht."

Ich mochte sein Lachen, es war so warm und herzlich.

Dann folgte ich Ilvy, die mich schnellen Schrittes durch die Katakomben, zurück zur Kirche führte. Dort angekommen folgte ich ihr durch die Tür, die auch Alex genommen hatte, in die hohe steinern-graue Halle. Jetzt standen wir in der hinteren rechten Ecke. In der gegenüberliegenden hinteren linken Ecke befand sich eine ähnliche Tür, durch die wir über eine Wendeltreppe auf eine Empore gelangten. Eine schmale Galerie führte uns zu der imposanten, wunderbar mit Schnitzereien verzierten Orgel.

Ich blieb einen Augenblick stehen und sah nach unten. Mitten in der steinernen Leere der erhöhte Altar, auf dessen Stufen ich vor etwas mehr als vierundzwanzig Stunden gekniet und ein neues Leben erhalten hatte. Von hier oben sah der Raum noch viel beeindruckender aus als von unten. Das lag vermutlich an der Tatsache, dass man inmitten des Raums zu schweben schien.

„Hast du schon irgendwelche Erfahrungen mit der Orgel?"

„Also ich höre fast ausschließlich Orgelmusik und war schon bei mehreren Lehren, mit denen ich aber nie sonderlich gut zurechtkam. Die Grundlagen kann ich, schätze ich mal."

„Na, da bist du schon mal weiter, als ich am Anfang war, ich konnte nämlich gar nichts. Möchtest du
einfach mal ausprobieren?"

„Gerne!", ich quetschte mich an ihr vorbei und
nahm auf der Bank Platz und begann vorsichtig, einige leichte Melodien zu spielen.

Lektion 3 - Die Hölle und Satan

Durch Gottes Liebe und das Opfer seines Sohnes kann alle Schuld vergeben werden.

(Joh 3,16: Denn Gott hat die Welt so sehr geliebt, dass er seinen einzigen Sohn hingab, damit jeder, der an ihn glaubt, nicht zugrunde geht, sondern das ewige Leben hat.)

Genauso wenig wie der Himmel ein materieller Ort ist, ist es die Hölle, vielmehr ist sie ein Zustand, den man mehr oder weniger auch auf der Erde erleben kann. Nicht nur andere können einem das Leben zur Hölle machen, auch das eigene Gewissen bestraft einen Menschen. Es plagt ihn mit Schuldgefühlen, die begründet, aber auch unbegründet sein können. Wäre die Hölle doch ein realer Ort, an den die bösen Seelen nach dem Tod gelangten, dann wäre dieser Ort ganz und gar leer, weil Gott niemandem diese Strafe auferlegen würde.

Der Satan oder Teufel ist nicht einfach der dunkle Gegenspieler zu Gott, der gefallene Engel Luzifer ist nicht der Satan, denn der Satan ist nicht mehr als ein Gedanke, eine Erinnerung, die alles Böse unter einem Bild beziehungsweise einem Namen vereint. Ihm kann man die Schuld für alles Böse zuschieben. Jeder trägt diesen Gedanken in sich, wir werden in Versuchung geführt, begehen Sünden, durch unsere Gedanken. Kein Mensch ist frei von Sünde, es gibt nur Menschen, die diesen Gedanken mehr oder weniger nachgeben, die sich mehr oder weniger verleiten lassen.

In der Bibel wird der Teufel oder Satan als reale Person dargestellt. (siehe Mt 4,1-11: Die Versuchung Jesu)

Dies hat verschiedene Gründe: Erstens, die Menschen konnten sich gar nicht vorstellen, dass „das Böse" von ihnen selbst kommen könnte. Zweitens, in ihrem Weltbild brauchten sie einen dunklen Gegenspieler zu Gott.

Die Menschen versuchen, schwarz-weiß zu malen, aber so funktioniert die Welt nicht, es gibt nicht GUT auf der einen und BÖSE auf der anderen Seite, vielmehr findet unser Handeln auf einer Palette von Grautönen statt. Kein Mensch kann *nur* gut oder *nur* böse sein, das ist schlichtweg nicht möglich, weil es nicht der Natur des Menschen entspricht!

Nicht umsonst gibt es das Sprichwort: „Gut gemeint ist nicht immer gutgetan!"

Judas Iscariot zum Beispiel. Er verriet Jesus an die Pharisäer in der Hoffnung, dass Jesus sich wehren und die römischen Besatzer vertreiben würde. Jesus zu verraten war notwendig, um die Schrift zu erfüllen, es war notwendig, damit Jesus gekreuzigt werden und auferstehen konnte. Das wusste Judas nicht, weshalb er sich vor Verzweiflung über seine Tat das Leben nahm.

Auch wer Gutes beabsichtigt, kann sich irren!

Kapitel 7

„Na, aufgeregt vor deiner ersten Messe?", fragte Alex, nachdem wir uns angezogen hatten. (Ich trug schwarze Jeans und ein gleichfarbiges T-Shirt, während Alex sich in sein übliches Leinenhemd und die hohen Stiefel geworfen hatte.)

„Ja, ein bisschen ...", gab ich zu.

Warum, wusste ich auch nicht so genau, wir hatten alles mindestens dreimal besprochen, ich musste gar nichts tun, als mit den anderen zu beten. Weil es meine erste Messe war, hatt Ilvy mir dringend davon abgeraten, die Orgel zu spielen, auch wenn ich sie, laut ihr, auch schon ersetzen könnte. Allerdings wollte ich ihr das nicht ganz glauben, obwohl sie ja, genauso wenig wie Alex oder ich, lügen konnte.

„Das wird schon, keine Sorge!", er legte mir einen Arm um die Schulter.

„Bis nachher Hamlet!", verabschiedete er sich von seinem Haustier und schob mich in Richtung Tür.

Wir knieten in einem großen Kreis um den Altar herum auf dem Steinboden der Kirche, während der Priester und die Messdiener mit Kruzifix und Weihrauch zu den Klängen von Ilvys Orgelspiel herein schritten. Sie trugen die gleichen Gewänder wie bei der Reinigungszeremonie.

Nach der Einräucherung des Altars kniete sich der Priester in unseren Kreis und eröffnete den Gottesdienst:„Incipiamus in nomine Patris et Filii et Spiritus Sancti!"

„Amen!", bestätigten wir.

„Dominus vobiscum!"

„Et cum spiritu tuo!", langsam fragte ich mich, ob die ganze Messe auf Latein gehalten werden würde. Das war beim letzten Mal nicht so gewesen und Alex hatte nichts dazu gesagt.

„Wir bekennen unsere Schuld!", nahm mir der Priester mir meine Überlegungen ab.

„Confiteor Deo omnipotenti, et vobis, liberis noctis, quia peccavi nimis cogitatione, verbo, opere et omissione: mea culpa, mea culpa, mea maxima culpa. Ideo precor omnes angelos et sanctos, et vos, liberos noctis, orare pro me ad Dominum, Deum nostrum!", beteten wir alle zusammen, genau wie Alex bei seiner Reinigung.

„Misereatur nostri omnipotens Deus et, dimissis peccatis nostris, perducat nos ad vitam aeternam."

„Amen!"

„Erhebet euch, Kinder der Nacht!", wir standen auf.

„Salutemus Dominum in medio nostrum!"

„Kyrie, Kyrie eleison!", sang der Priester vor und wir wiederholten es.

„Christe, Christe eleison!", auch diesen Ruf wiederholten wir.

„Kyrie, Kyrie eleison!", mit dem Dritten verfuhren wir genauso.

„Gloria in excelsis deo!", wurde nun zum Gloria übergeleitet, die Orgel begann zu spielen und als die anderen ihre Stimmen erhoben, versuchte ich wenigstens mitzusingen.

„Oremus!", rief der Priester, „Gütiger Gott, vor drei Nächten haben wir Michael in unseren Kreis aufgenommen und er hat sich entschieden bei uns zu bleiben. In der gleichen Nacht empfing Aleksej das Sakrament der Reinigung und ist nun frei von Hunger. Wir bitten dich begleite die beiden auf ihrem weiteren Weg, wohin er auch führen möge."

„Amen!"

Nun stand einer der Messdiener auf und trat zum Altar hinauf, wo er ein silberbeschlagenes Buch aufschlug und zu Lesen begann: „Lesung aus der Offenbarung, Kapitel 21 Vers 3: Da hörte ich eine laute Stimme vom Thron her rufen: Seht, die Wohnung Gottes unter den Menschen! Er wird in ihrer Mitte wohnen und sie werden sein Volk sein; und er, Gott, wird bei ihnen sein. Er wird alle Tränen von ihren Augen abwischen: Der Tod wird nicht mehr sein, keine Trauer, keine Klage, keine Mühsal. Denn was früher war, ist vergangen.

Verbum Domini."

„Deo gratias.", ich war ehrlich gesagt ein bisschen erstaunt, wie flüssig mir diese Phrasen von den Lippen gingen, ich war zwar dieser toten Sprache halbwegs mächtig, doch hatte ich mich nie groß mit den im Gottesdienst gebräuchlichen Floskeln beschäftigt.

Der Messdiener gesellte sich wieder zu seinen Kollegen und die Orgel stimmte ein Halleluja an, zu dem wir aufstanden und, das ich sogar kannte und mitsingen konnte.

„Dominus vobiscum!"

„Et cum spiritu tuo!"

„Lectio sancti Evangelii secundum Johannes!"

„Gloria tibi, Domine", mit dem Daumen meiner rechten Hand fuhr ich über meine Stirn, meine Lippen und dann über meine Brust. Das war eine Sache, die ich noch aus dem Kommunionsunterricht kannte: Herr, gib, dass ich dein Wort verstehe. Herr ich will jetzt schweigen und hören. Herr, lass mich dein Wort im Herz bewahren. Drei kleine Gesten als Stellvertreter für drei Gebete.

Der Priester verkündete das Evangelium: „Dann gingen alle nach Hause. Jesus aber ging zum Ölberg. Am frühen Morgen begab er sich wieder in den Tempel. Alles Volk kam zu ihm. Er setzte sich und lehrte es. Da brachten die Schriftgelehrten und die Pharisäer eine Frau, die beim Ehebruch ertappt worden war. Sie stellten sie in die Mitte und sagten zu ihm: Meister, diese Frau wurde beim Ehebruch auf frischer Tat ertappt. Mose hat uns im Gesetz vorgeschrieben, solche Frauen zu steinigen. Nun, was sagst du? Mit dieser Frage wollten sie ihn auf die Probe stellen, um einen Grund zu haben, ihn zu verklagen. Jesus aber bückte sich und schrieb mit dem Finger auf die Erde. Als sie hartnäckig weiterfragten, richtete er sich auf und sagte zu ihnen: Wer von euch ohne Sünde ist, werfe als Erster einen Stein auf sie. Und er bückte sich wieder und schrieb auf die Erde. Als sie das gehört hatten, ging einer nach dem anderen fort, zuerst die Ältesten. Jesus blieb allein zurück mit der Frau, die noch in der Mitte stand. Er richtete sich auf und sagte zu ihr: Frau, wo sind sie geblieben? Hat dich keiner verurteilt? Sie antwortete: Keiner, Herr. Da sagte Jesus zu ihr: Auch ich verurteile dich nicht. Geh und sündige von jetzt an nicht mehr!

Verbum Domini."

„Deo gratias."

„Nehmt bitte Platz, Aleksej wird uns nun seine Gedanken zu dieser Bibelstelle mit uns teilen! Komm herauf mein Junge!"

Während der Priester zu seinem Platz ging und alle außer Alex sich auf den Boden setzten, ging dieser zum Altar hinauf und zog ein Blatt Papier hervor.

„Schwestern und Brüder, Kinder der Nacht, ihr alle kennt diese Stelle aus dem Johannes-Evangelium, denn Vers Sieben des achten Kapitels ist Teil der ersten Lektion unseres Kodex. Es geht um Vergebung, und darum, dass kein Mensch frei von Sünde ist, augenscheinlich. Aber da ist noch mehr, die Schriftgelehrten sprechen Jesus auf die Gesetze des Moses an, doch er schreibt nur mit dem Finger auf die Erde. Hier wird deutlich, dass wir hinterfragen sollen. Wir sollen nicht einfach Regeln und Gesetze akzeptieren und blind befolgen, wir sollen nach dem Sinn dahinter suchen, wir sollen neugierig sein und niemals aufhören die Frage nach dem Sinn zu stellen! Denn die Frage nach dem Sinn ist die Frage nach Gott, nach Gemeinschaft, nach Glaube, nach Liebe, nach Hoffnung. Amen."

Nach einigen Augenblicken Stille übernahm nun wider der Priester das Wort: „Das hätte ich nicht besser sagen können Aleksej, vielen Dank!"

Offensichtlich peinlich berührt schlich Alex wieder zu seinem Platz neben mir zurück, während ich noch immer über seine Worte nachdachte, sie waren sehr schlüssig gewesen, es hatte alles seinen Sinn. Ich war so in Gedanken versunken, dass ich beinahe den Einsatz zum Glaubensbekenntnis verpasst hätte, wenn nicht alle plötzlich aufgestanden wären.

„Wir bekennen unseren Glauben!"

„Credo in deum patrem omnipotentem, creatorem coeli et terrae; Et in Iesum Christum, filium eius unicum, dominum nostrum, qui conceptus est de Spiritu sancto, natus ex Maria virgine, passus sub Pontio Pilato, crucifixus, mortuus et sepultus, descendit ad inferna, tertia die resurrexit a mortuis, ascendit ad coelos, sedet ad dexteram dei patris omnipotentis, inde venturus est iudicare vivos et mortuos; Credo in Spiritum sanctum, sanctam ecclesiam christianam, sanctorum sanguinem christum, remissionem peccatorum, mortui resurrectionem, et vitam aeternam. Amen."

Sofern ich es im Kopf übersetzen konnte, stimmte es fast mit dem normalen Glaubensbekenntnis überein, bis auf diese Kleinigkeiten, ähnlich denen, die mir schon bei Alex Reinigung aufgefallen waren.

Die Orgel begann wieder zu spielen und der Priester schritt begleitet von den Messdienern zum Hochaltar hinüber, dem ich zuvor keine allzu große Beachtung geschenkt hatte.

Als sie zurückkamen, trug der Priester einen silbernen, mit roten Steinen besetzten Kelch in den Händen, welchen er auf dem Altar abstellte.

Die Orgel hatte aufgehört zu spielen und Ilvy gesellte sich zu uns.

Mit ausgebreiteten Armen betete der Älteste: „Orate, liberis noctis ut meum ac vestrum sacrificium acceptabile fiat apud Deum Patrem omnipotentem!"

Wiederum antworteten wir: „Suscipiat Dominus sacrificium de manibus tuis, ad laudem et gloriam nominis sui, ad utilitatem quoque nostram totiusque Ecclesiae suae sanctae!"

„Dominus vobiscum!"

„Et cum spiritu tuo!"

„Sursum corda."

„Habemus ad Dominum."

„Gratias agamus Domino Deo nostro."

„Dignum et iustum est."

„In Wahrheit ist es würdig und Recht, dir Herr heiliger Vater, allmächtiger, ewiger Gott immer und über all zu danken, zum Lob und Ruhme deines Namens und zum Segen für uns und deine ganze heilige Kirche. Darum preisen wir dich mit allen Engeln und Heiligen und singen vereint mit ihnen das Lob deiner Herrlichkeit: Sanctus, sanctus, sanctus, dominus. Deus Sbaoth, Deus Sabaoth!", begann der Priester zu singen und wir stiegen ein.

Normalerweise kniet man sich an dieser Stelle hin, doch die Kinder der Nacht gaben einander die Hände, bildeten einen großen Kreis um den Altar.

„Ja, du bist heilig, großer Gott, du bist der Quell aller Heiligkeit. Darum bitten wir dich: Sende deinen Geist auf diese Gabe herab und heilige sie, damit sie zum Blut deines Sohnes, unseres Herrn Jesus Christus wird, welches er opferte, um alle Welt zu befreien! Denn am Abend, an dem er ausgeliefert wurde und sich aus freiem Willen dem Leiden unterwarf, nahm er nach dem Mahl den Kelch, dankte, reichte ihn seinen Jüngern und sprach: Nehmet und trinket alle daraus! Das ist der Kelch des neuen und ewigen Bundes, mein Blut, das für euch und für alle vergossen wird zur Vergebung der Sünden. Tut dies zu meinem Gedächtnis!"

In diesem Augenblick begann der Kelch, über den der Priester seine Hände hielt, zu glühen, und ich schnappte nach Luft. Doch so schnell es gekommen war, so schnell war es auch wieder vorbei.

Nun wechselte er wieder ins Lateinische: „Mysterium fidei."

Dieses Hin und Her verwirrte mich ein wenig, doch ich schaffte es, mit zu beten: „Mortem tuam annuntiamus, Domine, et tuam resurrectionem confitemur, donec venias!"

Der Priester fuhr fort: „Darum, gütiger Vater, feiern wir das Gedächtnis des Todes und der Auferstehung deines Sohnes und bringen dir so den Kelch des Heiles dar. Wir danken dir, dass du uns berufen hast, vor dir zu stehen und dir zu dienen. Wir bitten dich: Schenke uns Anteil an Christi Blut und lass uns eins werden durch den Heiligen Geist! Gedenke aller, die an dich glauben und vollende dein Volk in der Liebe. Gedenke unserer Brüder und Schwestern, die entschlafen sind in der Hoffnung, dass sie auferstehen. Nimm sie und alle, die in deiner Gnade aus dieser Welt geschieden sind, in dein Reich auf, wo sie dich schauen von Angesicht zu Angesicht. Vater, erbarme dich über uns alle, damit uns das ewige Leben zuteilwird in der Gemeinschaft mit der seligen Jungfrau und Gottesmutter Maria, mit deinen Aposteln und mit allen, die bei dir Gnade gefunden haben von Anbeginn der Zeit, dass wir dich loben und preisen durch deinen Sohn Jesus Christus.

Durch ihn und mit ihm und in ihm ist dir, Gott, allmächtiger Vater, in der Einheit des Heiligen Geistes, alle Herrlichkeit und Ehre jetzt und in Ewigkeit. Amen."

Jetzt trat der Älteste vom Altar zurück, reihte sich in den Kreis ein und begann das Vaterunser: „Pater Noster, qui es in caelis, sanctificetur nomen tuum. Adveniat regnum tuum. Fiat voluntas tua, sicut in caelo, et in terra. Panem nostrum quotidianum da nobis hodie. Et dimitte nobis debita nostra, sicut et nos dimittimus debitoribus nostris. Et ne nos inducas in tentationem: sed libera nos a malo. Quia tuum est regnum et potestas et Gloria in saecula. Amen."

„Pax Domini sit semper vobiscum."

„Et cum spiritu tuo.", zum Friedensgruß drücken meine beiden Nachbarn einfach feste meine Hand und ließen sie dann los.

Der Priester trat wie zum Altar hinauf und hielt den Kelch in die Höhe: „Ecce Sanguis Christi, ecce qui tollit peccata mundi."

„Domine, non sum dignus, ut intres sub tecum meum, sed tantum dic verbo et sanabitur anima mea", beteten wir und dann war es so weit, der Älteste schritt, mit dem Kelch, die Stufen hinunter und begann bei den Messdienern.

„Sanguis Christi quid effusus est pro multis!", mit diesen Worten reichte er einem nach dem anderen den Kelch, jeder nahm einen Schluck und antwortete dann: „Amen!"

Plötzlich war ich wieder so aufgeregt, wie der kleine neunjährige Mischka bei seiner Erstkommunion, jetzt aber mit dem Unterschied, dass ich wusste, hier würde etwas Besonderes passieren.

Dann stand der Priester vor mir: „Sanguis Christi quid effusus est pro multis!"

Ich nahm den Kelch aus seinen Händen entgegen, trank einen Schluck des dunkelroten dickflüssigen Inhalts und verspürte wieder diese Wärme und Kraft, wie sie durch meinen Körper schoss. Doch der Rauschzustand, in den ich bei meiner Einweihung gefallen war, blieb aus. Ich gab den Kelch zurück und antwortete: „Amen!"

Nachdem der Priester die Runde beendet hatte, stieg er wieder zum Altar hinauf und trank den Kelch aus, der ihm gleich darauf von einem Messdiener abgenommen und wieder zum Hochaltar gebracht wurde.

Die Orgel begann wieder zu spielen und wir stimmten ein Danklied an.

Und dann war der Gottesdienst schon fast vorbei: „Benedicat vos omnipotens Deus, Pater et Filius et Spiritus Sanctus."

Wir bekreuzigten uns: „Amen."

„Ite, missa est."

„Deo gratias!„

Während der Priester mit den Messdienern auszog, spielte noch einmal die Orgel und die Kinder der Nacht begannen sich zu unterhalten.

„Und wie war's?", fragte mein Initiator mich.

„Sehr schön, ein wenig verwirrend mit dem ganzen Sprachen-hin-und-her. Dafür, dass ihr keinen Unterschied zwischen den Konfessionen macht, war das aber doch noch recht katholisch oder?"

„Ja, das mag sein", bestätigte Alex und zog mich wieder einmal hinter sich her.

Sein Ziel war der Priester, welcher eben mit den Messdienern wieder aufgetaucht war und zum ersten Mal sah ich sie in „normalen" Kleidern. Lange Zeit sie zu beobachten hatte ich nicht, denn Alex kam gleich zum Punkt: „Johann, wir haben doch eine Bibliothek, oder irre ich mich da?"

„Nein, du irrst nicht, Aleksej."

„Unser Neuzugang", grinste mein Begleiter und zog mich noch ein Stück vor, „würde gerne etwas mit Büchern machen!"

„Wunderbar! Wir hatten ewig keinen Bibliothekar, kommt mit!"

Als der Priester die schweren Flügeltüren aufstieß, schlug mir ein vielversprechender Geruch entgegen: Pergament, Staub, Tinte, altes Papier und etwas Blumiges; so musste eine Bibliothek einfach riechen.

„Das, Michael, ist die Bibliothek, ich bin seit fast dreihundert Jahren ein Kind der Nacht, aber ich war noch nie hier drinnen. Es muss über fünfzig Jahre her sein, dass zuletzt jemand seinen Fuß hier rein gesetzt hat ...", flüsterte Johann, als wolle er den Schlaf nicht stören, in den dieser Raum gefallen zu sein schien.

Ich flüsterte zurück: „Dann werde ich ja was zu tun haben ..."

„So ist es! Danke, dass du dich darum kümmerst, ich habe das Gefühl, dort schlummern einige Schätze, die nicht in Vergessenheit geraten sollten!"

„Ach, ich liebe Bücher, das ist ein ganz großer Traum, der da in Erfüllung geht!"

„Um so besser, aus freien Stücken handelt man meist erfolgreicher! Das ist jetzt dein Reich!", mit diesen Worten drückte er mir einen schweren Schlüssel in die Hand.

„Danke."

„Ich lasse euch dann mal alleine. Viel Spaß!

„Auf Wiedersehen Johann, man sieht sich!", verabschiedete Alex, der sich bis jetzt eher im Hintergrund gehalten hatte, den Priester und folgte mir in die Bibliothek.

Wir befanden uns in einem hohen Raum, um den in drei Etagen Galerien herumführten. Gegenüber der Tür stand vor einer Wendeltreppe ein schwerer Schreibtisch aus dunklem Holz und in den Boden aus schwarzem Marmor war in der Mitte des Raumes das Mosaik einer blutroten Rose eingelassen. Säulen aus ebenfalls schwarzem Marmor stützten den Raum und gaben ihm einen antiken Hauch. Das war zu schön, um war zu sein, wunderschön, als hätte jemand diese Bibliothek nach Vorlagen aus meinen Träumen gebaut.

„Da wirst du deinen Spaß haben!", grinste Alex mich an und legte mir einen Arm um die Schulter, was ein unangenehmes Kribbeln, wie einen Stromschlag auslöste, der in meinen Nacken und meinen Rücken hinunter jagte.

Ich zuckte zusammen, ich mochte dieses Kribbeln nicht, es war neu und unangenehm.

„Alles in Ordnung?", fragte mein Begleiter besorgt.

„Alles in Ordnung ist ja wohl nie, oder?", ich verstand diese Floskel nach wie vor nicht, warum fragten die Leute immer, ob *Alles in Ordnung* sei? Es gibt immer, zu jeder Zeit, in jedem Augenblick etwas, das nicht in Ordnung ist. Es gibt immer irgendwo Zwietracht, Streit oder Krieg.

„Da hast du recht, so habe ich das noch nie betrachtet!", flüsterte Alex und nahm seinen Arm weg.

Schweigend trat ich auf den Schreibtisch zu, strich sanft über die glatte Oberfläche, wodurch ich die weiche Staubschicht aufwirbelte, die sich in den letzten fünfzig Jahren hier angesammelt hatte.

„Ich lass dich dann mal alleine, wenn du mich brauchst, musst du warten, ich gehe baden", lachte er und schloss die Tür hinter sich.

Ich zog mein Handy aus der Hosentasche, startete eine Playlist mit Filmmusik aus „Der Herr der Ringe" und steckte es wieder weg. Zu den Klängen des Zwergenliedes streifte ich durch den unteren Bereich. Was ich sah, waren hauptsächlich verstaubte Bibeln und christliche Werke wie „De civitate dei" oder „Institutio Christianae Religionis", aber auch ein Koran, eine Tora und verschiedene andere religiöse Schriften. Ich kannte mich zu wenig mit dieser Art von Literatur aus um hunderprozentige Aussagen darüber zu treffen, aber ich war mir sicher, dass die Inhalte, in einigen Teilen zumindest, nicht mit dem übereinstimmte, was ich im Kodex, dem Buch mit den „Lektionen" gelesen hatte. Diese Tatsache festigte mich in der Überzeugung, dass es sich bei den Kindern der Nacht nicht um eine Absolutheit beanspruchende Sekte handelte.

Auf der nächsten Etage fand ich verschiedene Enzyklopädien, wie man sie in Schul- oder Universitätsbibliotheken fand, sowie viele verschiedene Ausgaben des Lektionen-Buches und andere Bücher, deren Inhalt die Kinder der Nacht waren. Außerdem standen hier haufenweise Wälzer mit alten wissenschaftlichen Abhandlungen in den alten Regalen.

Die dritte und letzte Etage enthielt Märchen und Sagen, alle Arten von Romanen, Gedichtbände, und Dramen, also zum Großteil genau die Literatur, die ich am liebsten las. Zu meiner freudigen Überraschung auch eine fast vollständige Sammlung von

Shakespeares Werken; Alex würde sich freuen. Außerdem gab es noch viele weitere, mir unbekannte Schriften.

Wahllos schnappte ich mir ein Buch aus dem Regal und begann zu lesen: *„Sie nahmen ihn auf in ihren Kreis und ließen ihn teilhaben an ihrem unfassbaren Wissen, das zu verstehen sie nicht im Stande waren und das für ihn das Ende des Universums bedeutete …"*

„Das hört sich fantastisch an!", unterbrach mich Alex, der in der Mitte der Rose stand, den Kopf in den Nacken gelegt, sein Haar verstrubbelt und noch nass, Hamlet auf der Schulter.

„Oh echt? Ich mag meine Stimme eigentlich gar nicht …", verlegen grinste ich zu ihm runter, eigentlich hatte ich nicht laut lesen wollen, es war einfach so passiert.

„Tja, ich mag sie!", lachend begann er die Wendeltreppe hinauf zu steigen.

Schnell stellte ich das Buch zurück an seinen Platz und ging meinem Mitbewohner entgegen.

Auf halbem Weg trafen wir uns: „Wo hast du denn das Buch gelassen, ich dachte, du liest mir ein bisschen was vor?"

„Hier?! Bei dem ganzen Staub?", fragte ich verwirrt und war nicht ganz sicher, ob er diese Bitte wirklich ernst gemeint hatte.

„Ja hier, warum nicht, du musst auf jeden Fall nicht von dem Staub niesen!", lachte Alex.

„Na gut, dann warte hier!", hastig lief ich die Treppe wieder hoch und war kurz darauf mit dem Buch zurück, aus dem ich vorher gelesen hatte.

Da ich keine andere Sitzmöglichkeit gefunden hatte, machten wir es uns mit dem Buch auf der schmiedeeisernen Treppe bequem. Und während Hamlet von der Schulter seines Herrchens kletterte, um seiner Lieblingsbeschäftigung nachzugehen, Spinnen zu jagen, begann ich erneut zu lesen: *„Sie nahmen ihn auf in ihren Kreis ..."*

Lektion 4 -

(Natur-)Wissenschaft und Religion

widersprechen sich nicht

Es gibt Dinge, die nicht mithilfe der Naturwissenschaften erklärt werden können, es gibt Dinge für die Physiker, Chemiker und Biologen keine Erklärung haben, es gibt Dinge, die uns unmöglich erscheinen, man nennt diese Dinge Wunder.

(Mk 10,27: [...] Für Menschen ist das unmöglich, aber nicht für Gott; denn für Gott ist alles möglich.)

Jedes Atom, aus dem dein Körper besteht, war mal ein Atom in einem Stern, einer Sonne, ist das nicht ein Wunder?

Gott hat die Welt nicht in sieben Tagen geschaffen, wie die erste Schöpfungsgeschichte erzählt. Gott ist der Ursprung von allem, alles ist aus ihm entstanden.

Der Mensch und alles Leben sind entstanden, weil Gott hier und da eine Kleinigkeit angestoßen hat. Ja, wir sind eine Laune der Natur, aber hat nicht auch die Natur ihren Ursprung in Gott?

Wer an Gott glaubt, der muss nicht die Evolution leugnen, wer glaubt, der ist frei im Denken und darf neugierig sein. Neugierde ist keine Sünde, Neugier ist gut, macht uns klüger. Dass die Bibel Neugierde in so ein schlechtes Licht stellt, liegt an der damaligen Gesellschaft. Wenn man sich die Gesellschaft zu Zeiten von Mose anschaut, waren die Priester die

Leute, die bestimmten. Und wenn jemand dieses System hinterfragt hätte, neugierig gewesen wäre, wäre alles zusammengebrochen. Doch heute wissen wir es besser: Wissen ist Macht und Macht ist gefährlich, aber Unwissenheit oder Ignoranz sind noch viel gefährlicher.

Wer nicht neugierig ist, der entwickelt sich nicht weiter, der lernt nicht, der bleibt dumm. Für die absolutistischen Herrscher war es gut, wenn die Menschen „dumm" waren und es auch blieben, denn nur so konnten sie ihre Macht sichern.

Wir heute wissen, was passieren kann, wenn man Anweisungen nicht hinterfragt und „nur Befehle befolgt", wir wissen, wie gefährlich das ist, und, dass es nie wieder zu so etwas wie dem Zweiten Weltkrieg bzw. dem Dritten Reich kommen darf.

Deshalb ist es wichtig, zu forschen, zu lernen und neugierig zu sein.

Kapitel 8

„Alex, unabhängig von dem was ich grade gelesen habe, hätte ich eine Frage."

„Ich höre!"

„Wenn eine Frau die älteste ist, kann es dann auch eine Priesterin geben?"

„Natürlich, warum nicht?"

„Naja, hier sind viel mehr Männer als Frauen ..."

„Ach, an anderen Orten ist das anders, in Spanien gibt es, glaube ich, eine Kirche von uns, in der nur Frauen leben", lachte Alex.

Ich nickte und blinzelte, war immer noch nicht ganz wach. Gestern hatten wir noch lange in der Bibliothek gesessen und würden vermutlich immer noch dort sitzen, wenn ich nicht irgendwann vor Müdigkeit über dem Buch eingeschlafen wäre. Auch deshalb hatten wir uns den Weg in das „Klassenzimmer" gespart.

Ungeachtet dessen trat ich eine halbe Stunde später meine Arbeit als Bibliothekar an,

Ich begann damit die Bibliothek von oben nach unten zu entstauben, während aus meinen Kopfhörern Wagners Parsifal erklang und meine Arbeit untermalte.

Als ich nach drei Stunden endlich auch das letzte Staubkorn verbannt hatte, machte ich es mir in dem hohen Stuhl hinter dem Schreibtisch bequem und besah mir die Bücher, die noch hier lagen etwas genauer. Es waren ein Gesangbuch mit lateinischen Messgesängen, ein Krimi von Agatha Christie und eine vergilbte Fassung der Sage von der schönen Helena; Menelaos hatte einen Krieg angefangen, weil er sie so sehr liebte. Er gab alles auf, setzt sein eigenes Leben und das vieler Männer aufs Spiel, um seine geliebt Helena zurückzuholen. So viel Liebe ...

Ich hatte immer geglaubt, ich bräuchte niemanden, dachte, ich könnte alleine mit meinen Büchern glücklich sein, doch jetzt fiel es mir wie Schuppen von den Augen: Die Melancholie, mein ständiger Begleiter, war in Wahrheit Trauer und Sehnsucht, Sehnsucht, nach jemandem, irgendjemandem. Ich war Frodo und suchte nach einem Sam, war Chubaka und auf der Suche nach Han Solo, Harry ohne Ron, Krümel ohne Jonathan Löwenherz, war Old Shatterhand ohne Winnetou, Asterix ohne Obelix, Jacob ohne Fuchs, Horatio ohne Hamlet, Hänsel ohne Gretel, Achill ohne Patroklos. Ich suchte in meinen Büchern nach Akzeptanz, Freundschaft, Nähe, ich suchte nach Liebe. Vergebens. Dabei betrog ich mich nur selbst, denn alles was sie mir geben konnten, war ein Traum, eine Illusion, ein Schein und konnte niemals ein Ersatz für echte Zuneigung und wahre Liebe sein.

Ein stechendes Gefühl kroch meinen Hals hinauf, kündigte die Tränen an, die sich in meinen Augenwinkeln bildeten und gleich darauf meine Wangen hinunterliefen, von meinem Kinn auf den Schreibtisch tropften. Ich weinte. Ich weinte und schrie all das raus, was sich über die Jahre angestaut hatte. Weinte immer weiter, weil es guttat, loszulassen, weil es guttat zu schreien, zu spüren, dass ich trotz allem noch ein Mensch war.

„Mischka!", Alex war, wie immer mit Hamlet auf der Schulter, hereingekommen, „Ist alles in Ordnung? Entschuldige, Gewohnheit. Was bedrückt dich?"

Ich brauchte ein wenig, um mich zu beruhigen, während er zu mir hinüber lief, erklärte ich: „Meine Lebensphilosophie ist gerade zusammengebrochen, so könnte man es ausdrücken ..."

„Das muss ich jetzt nicht so genau verstehen?", fragte er und legte mir eine Hand auf die Schulter. Da war wieder dieses Kribbeln, wie von einem Stromschlag, schien aber schon weniger unangenehm, als beim letzten Mal.

Ich atmete tief durch: „Ich habe immer gedacht, ich bräuchte niemanden, könnte ganz alleine glücklich sein, weil meine Bücher und Geschichten diesen Platz gefüllt haben. Jetzt habe ich gemerkt, dass das nicht stimmt ..."

„Ja, das war eine kluge Erkenntnis, die du da hattest. Sollen wir vielleicht ein bisschen spazieren gehen, dann kannst du dich ein wenig beruhigen und dir die Kirche mal von außen ansehen?"

„Okay", eigentlich wollte ich einfach nur nicht alleine sein.

Ich stand auf und ließ mich von Alex durch die Gänge nach oben in die Kirche und dann durch ein großes Portal nach draußen schleifen.

„Schau mal, da über dem Tor!", er zeigte nach oben auf ein buntes Fenster, mit der Abbildung eines silbernen Kelches, aus dem eine dunkelrote Flüssigkeit tropfte. Drumherum stand auf Latein: Das Blut Christi, welches vergossen wurde, für viele.

Es war ein schönes Fenster, ganz anders, als die, die ich aus normalen Kirchen kannte.

„Lass uns doch ein paar Schritte gehen!", schlug mein Begleiter vor und ich folgte ihm bereitwillig.

Es musste mitten in der Nacht sein, es war dunkel und doch gleichzeitig hell, es war immer noch ein mehr als seltsames Gefühl, im Dunkeln sehen zu können. Wir befanden uns in Mitten alter Wohnhäuser, hier fiel die Kirche der Kinder der Nacht tatsächlich kaum auf und ich konnte mir gut vorstellen, dass man sie übersah, wenn man nichts von ihr wusste.

Alex hatte meine Hand genommen und zog mich durch die leeren Straßen der Stadt bis zu einem Platz mit einem Springbrunnen. Das Kribbeln in meinem Arm war immer weniger unangenehm geworden und als wir uns auf den Rand des Brunnens setzten, nahm ich es kaum noch wahr.

„Schau!", flüsterte er und deutete gen Himmel.

Seiner Aufforderung folgend betrachtete ich den sternenklaren Himmel, an dem der Vollmond wie eine blanke Münze stand und die Sterne ringsum verblassen ließ.

Müde und erschöpft von den Folgen der letzten Nacht lehnte ich meinen Kopf gegen Alex Schulter, von der Hamlet entrüstet quiekend floh, um es sich woanders bequem zu machen. Unter dem dünnen Stoff seines Hemdes spürte ich etwas, von dem mir erst später bewusst wurde, dass es Narben waren.

Lektion 5 -

Wir alle sind frei,

müssen es aber auch bleiben wollen

Allen Menschen sind frei und sie alle sind gleich und dabei doch so verschieden. Alle Menschen haben den gleichen Wert und sind doch so einzigartig.

(Röm 2,11: Denn Gott richtet ohne Ansehen der Person. (d.h.: Vor Gott sind alle Menschen gleich.))

Auch wir sollen keine Vorurteile haben, Menschen nicht in Schubladen stecken, denn Menschen funktionieren nun mal nicht wie Maschinen nach einem bestimmten Muster oder System. Es ist schlichtweg nicht möglich, Menschen alleine nach ihrer Haar- oder Hautfarbe oder sonstigen Äußerlichkeiten richtig zu bewerten oder zu sortieren.

Gott gab den Menschen den freien Willen, damit sie in Freiheit leben können, trotzdem ist diese Freiheit nicht unbegrenzt, die Freiheit des einen endet dort, wo die des nächsten beginnt. Wir sind frei, sollen diese Freiheit aber nicht nutzen um einen anderen in seiner Freiheit einzuschränken. Aber wir müssen uns nicht an diese Regeln halten, wir können und dürfen auch Regeln brechen und Fehler machen.

(1 Kor 6,12: „Alles ist mir erlaubt" - aber nicht alles nützt mir. Alles ist mir erlaubt, aber nichts soll Macht haben über mich.)

(Röm 6,15: Heißt das nun, dass wir sündigen dürfen, weil wir nicht unter dem Gesetz stehen, sondern unter der Gnade? Keineswegs!)

Allerdings werden wir uns für alles was wir tun verantworten müssen: Reue und schlechtes Gewissen, sind die schlimmsten Gefühle, die einen Menschen belasten könne, sie schmerzen schlimmer als jede Trauer, sie bereiten einem die Hölle auf Erden. (Siehe vorige Lektionen)

Es gibt Menschen, denen diese Freiheit, die eigentlich jedem Menschen zusteht, verwehrt wird. Dies geschieht, weil andere Menschen sich mehr Freiheit nehmen, als ihnen zusteht. Sie unterdrücken andere direkt oder indirekt. Das darf nicht sein, denn wir haben diese Freiheit und sollten sie auch leben können, wir müssen für unsere Freiheit kämpfen, doch nicht mit Krieg und Gewalt, sondern mit Frieden und Vernunft!

(Gal 5,1: Zur Freiheit hat uns Christus befreit. Bleibt daher fest und lasst euch nicht von Neuem das Joch der Knechtschaft auflegen!)

Lasst und an einer Welt arbeiten, in der alle Menschen nach ihrem Willen frei sind!

Kapitel 9

Nach dem ich die neueste Lektion gelesen hatte, saßen wir auf der schwarzen Couch.

Alex trug ein Tanktop mit aufgedrucktem grauen Wappen und darüber ein schwarz-grau kariertes Holzfällerhemd. Trotz des Kragens konnte ich die Narben, die ich letzte Nacht gespürt hatte, sehen. Fragend sah ich ihn an, und als er nickte, strich ich ihm den weichen Stoff von der Schulter. Am Hals die Bissmarken, von seiner Einführung, vorsichtig folgte ich den Narben mit dem Zeigefinger, bis zum Ellenbogen. Außen an der Schulter ertastete ich sieben, deren Schnitte tiefer als die anderen gewesen sein mussten.

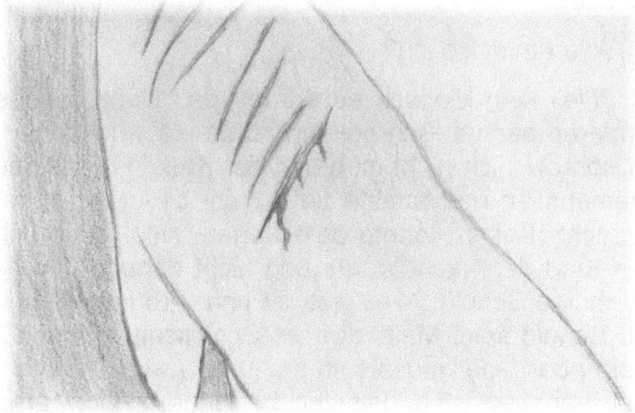

„Was war das?", fragte ich ihn entsetzt.

„Der Erste war für Hochmut, der Zweite für Gier, der Dritte für Begehren, der Vierte für Zorn, der Fünfte für Selbstsucht, der Sechste für Neid und der Siebte für Feigheit ...", flüsterte er so leise, dass ich die Worte kaum verstand.

„Die sieben Todsünden ... Hast du dir das selbst zugefügt?"

„Die sieben schon, aber nicht alle von den anderen", hauchte Alex abwesend, „ich hatte eine Katze, bevor ich hierher kam."

Er nahm meine Hand und legte meinen Zeigefinger auf zwei dicht nebeneinander verlaufenden, fast parallelen hellen Linien weiter oben ab: „Das war sie, als ich versucht habe sie von einem Baum zu retten. Ich kann verstehen, wenn du jetzt weggehst, zurück zu deiner Großmutter ich werde dir nicht böse sein."

„Warum sollte ich?"

„Weil kein Mensch es erträgt, das Dunkel eines anderen nach außen gekehrt zu sehen, Michael ...", er sprach mich nicht mehr mit der Koseform meines Namens an und atmete tief durch, bevor er weiter sprach: „Keiner konnte es ertragen, nicht bevor ich ein Kind der Nacht wurde und nicht danach und es ist meine Schuld. Alles war, ist und wird immer meine Schuld sein. Mein eigenes Schicksal, kein schönes, aber jeder muss sein eigens Päckchen tragen, bei manchen ist es leichter, bei anderen schwerer. Ehrlich ich wäre dir auch nicht böse Mischka, nur mir selbst."

„Und dann würdest du dich wieder verletzen, das will ich nicht. Alex!"

„Es wäre egoistisch von mir dich mit meinem Päckchen zu belasten, damit es für mich nicht ganz so schwer ist."

„Aber Liebe ist immer egoistisch, *ich* kann nicht ohne dich sein, *ich* brauche dich, *ich* liebe dich, glaube ich. Und da du mich auch brauchst, können wir auch einfach gemeinsam egoistisch sein."

Auf einmal wurde es sehr laut.

Alex schrie: „Ich wollte das nicht! Ich wollte dir helfen Mischka!"

Überall um mich herum krachte und knallte es.

Wütende, warnende Schreie hallten durch die Kellergewölbe.

Alles drehte sich und ich fiel zu Boden.

Ich war nicht mehr in unserem Zimmer.

Ich saß auf dem Boden.

Ich war gefesselt.

Ich war schmutzig.

Ich stank nach Blut und Dreck.

Ich hatte Schmerzen.

Ich war alleine.

Auf dem Boden saß die Ratte.

Alles wurde schwarz.

Russische Terrororganisation aufgeflogen

Moskau - Versteck russischer Terrororganisation gestürmt, deutsches Opfer erfolgreich befreit.

Nachdem vor zweieinhalb Monaten zwei deutsche Touristen, eine knapp 60-Jährige mit ihrem 19 Jahre alten Enkel, nicht von ihrer Reise aus der russischen Hauptstadt zurückgekehrt waren, hatte die Moskauer Polizei auf Drängen der deutschen Regierung hin Ermittlungen angestellt. Gestern gegen 16 Uhr Ortszeit wurde dann das Versteck der Organisation nach Übereinkunft mit der deutschen Regierung von einem Sondereinsatzkommando gestürmt. Der 19-jährige Deutsche konnte erfolgreich befreit werden, während man keine Spur des zweiten Opfers fand. Laut Polizeisprechern fand man aber DNA Spuren der deutschen Lehrerin, die Ermittler gehen davon aus, dass sie bereits der Folter erlegen ist, dennoch wird die Suche selbstverständlich fortgesetzt. Ein Polizist wurde leicht verletzt.

Aus welchem Grund der Schüler und seine Großmutter Opfer der Terrororganisation wurden, ist noch nicht bekannt, da der 19-Jährige, nach wochenlanger Folter unter schweren traumatischen Störungen leidet.

Wir halten sie selbstverständlich auf dem Laufenden, auf unserer Internetseite finden sie immer aktuelle Informationen zur Situation.

Aussageprotokoll

Akte-Nr: 6426
Code: OPSW6426
Name: Bregowich
Vorname: Michael (Mischka)
Grund der Aussage: Opfer Geiselnahme durch
Terror-Org. Schneewolf

Aussage:
- gibt an freiwillig einer religiösen Gruppe
(Kinder der Nacht) beigetreten zu sein, nachdem ein vampirähnliches Wesen sein Blut getrunken habe
- Schläge mit einer Dornenranke (angeblich für
Verwandlung notwendig)
- Ohnmacht nach näherem Kontakt zu Alexej
Iwanow (es wird angenommen, dass es sich bei
ihm um den anonymen Informanten handelt)
- keine Erinnerungen an den Besuch in Moskau

Sonstiges:
Kriminalpsychologisches Gutachten:
Michael Bregowich überlebte die Gefangen-
schaft und Folter unter Schneewolf vermutlich nur dank einer schockähnlichen Reaktion,
durch die er alle Folter und Schmerzen auf
etwas Positives, wie die Gemeinschaft bei den
Kindern der Nacht projizierte. Er durchlebte
vermutlich eine Art Trance, die gebrochen
wurde, als das Versteck von Schneewolf gestürmt wurde.

Übersetzung:

Da ich viel mit der lateinischen Sprache gearbeitet habe und nicht jeder die versteht, findet ihr hier Übersetzungen zu den wichtigsten Sachen!

Was?	Latein	Deutsch
Kreuzzeichen	Incipiamus in nomine Patris et Filii et Spiritus Sancti! Amen.	Lasst uns beginnen, im Namen des Vaters und des Sohnes und des Heiligen Geistes Amen
	Dominus vobiscum!	Der Herr sei mit euch.
	Et cum spiritu tuo!	Und mit deinem Geiste.
	Salutemus Dominum in medio nostrum!	Lasst uns den Herrn in unserer Mitte begrüßen!
Das Schuldbekenntnis*	Confiteor Deo omnipotenti, et vobis, liberis noctis, quia peccavi nimis cogitatione, verbo, opere et omissione: mea culpa, mea culpa, mea maxima culpa. Ideo precor omnes angelos et sanctos, et vos, liberos noctis, orare pro me ad Dominum, Deum nostrum!	Ich bekenne Gott, dem Allmächtigen, und allen Brüdern und Schwestern, dass ich Gutes unterlassen und Böses getan habe:ich habe gesündigt in Gedanken, Worten und Werken: durch meine Schuld, durch meine Schuld, durch meine große Schuld. Darum bitte ich die selige Jung-

		frau Maria, alle Engel und Heiligen und euch, Kinder der Nacht, für mich zu beten bei Gott, unserem Herrn.
Die Antwort	Misereatur nostri omnipotens Deus et, dimissis peccatis nostris, perducat nos ad vitam aeternam.	Der allmächtige Gott nehme von uns Sünde und Schuld und führe uns zum ewigen Leben.
	Oremus!	Lasst uns beten!
	Verbum Domini.	Wort [des lebendigen] Gottes
	Deo gratias.	Dank sei Gott.
	Lectio sancti Evangelii secundum Johannes!	Ich lese aus dem heiligen Evangelium nach Johannes!
	Gloria tibi, Domine!	Ehre sei dir, [oh] Herr!
Glaubensbekenntnis*	Credo in deum patrem omnipotentem, creatorem coeli et terrae; Et in Iesum Christum, filium eius unicum, dominum nostrum, qui conceptus est de Spiritu sancto, natus ex Maria virgine, passus sub Pontio Pilato, crucifixus, mortuus et sepultus, descendit ad infer-	Ich glaube in Gott, den Vater, den Allmächtigen, den Schöpfer des Himmels und der Erde; Und an Jesus Christus, seinen einzigen Sohn, unseren Herrn, empfangen durch den Heiligen Geist, geboren von der Jungfrau Maria, gelitten unter

	na, tertia die resurrexit a mortuis, ascendit ad coelos, sedet ad dexteram dei patris omnipotentis, inde venturus est iudicare vivos et mortuos; Credo in Spiritum sanctum, sanctam ecclesiam christianam, sanctorum sanguinem christum, remissionem peccatorum, mortui resurrectionem, et vitam aeternam. Amen.	Pontius Pilatus, gekreuzigt, gestorben und begraben, hinabgestiegen in das Reich des Todes, aufgefahren in den Himmel, er sitzt zur Rechten [Hand] Gottes, von dort wird er kommen, zu richten die Lebenden und die Toten; Ich glaube an den heiligen Geist, die heilige christliche Kirche, dass heilige Blut Christi, vergebung der Sünden, Auferstehung der Toten und das ewige Leben. Amen.
*	Orate, liberis noctis ut meum ac vestrum sacrificium acceptabile fiat apud Deum Patrem omnipotentem!	Betet *Kinder der Nacht*, dass mein und euer Opfer Gefallen finde, bei Gott dem allmächtigen Vater!
	Suscipiat Dominus sacrificium de manibus tuis, ad laudem et gloriam nominis sui, ad utilitatem quoque nostram totiusque Ecclesiae suae sanctae!	Der Herr nehme das Opfer an aus deinen Händen zum Lob und Ruhme seines Namens und zum Segen für uns und seine ganze heilige Kirche!
	Sursum corda.	Erhebet die Herzen.
	Habemus ad Dominum.	Wir haben sie beim Herrn.

	Gratias agamus Domino Deo nostro.	Lasset uns danken dem Herrn unserem Gott.
	Dignum et iustum est.	Das ist würdig und recht.
Heiligruf	Sanctus, sanctus, sanctus, dominus. Deus Sbaoth, Deus Sabaoth!	Heiliger, heiliger, heiliger Herr. Gott Sbaoth, Gott Sbaoth!
	Mysterium fidei.	Geheimnis des Glaubens.
	Mortem tuam annuntiamus, Domine, et tuam resurrectionem confitemur, donec venias!	Deinen Tod, oh Herr, verkünden wir und deine Auferstehung preisen wir, bis zu deiner Wiederkehr!
Das Vaterunser	Pater Noster, qui es in caelis, sanctificetur nomen tuum. Adveniat regnum tuum. Fiat voluntas tua, sicut in caelo, et in terra. Panem nostrum quotidianum da nobis hodie. Et dimitte nobis debita nostra, sicut et nos dimittimus debitoribus nostris. Et ne nos inducas in tentationem: sed libera nos a malo. Quia tuum est regnum et potestas et Gloria in saecula. Amen.	Vater unser im Himmel, geheiligt werde dein Name, dein Reich komme, dein Wille geschehe, wie im Himmel, so auf Erden, unser tägliches Brot gib uns heute und vergib uns unsere Schuld, wie auch wir vergeben unser'n Schuldigern und führe uns nicht in Versuchung, sondern erlöse uns von den Bösen, denn Dein ist das Reich und die Kraft und die Herrlich-

		keit, in Ewigkeit. Amen.
Gegrüßet seist du Maria	Ave Maria, gratia plena, Dominus tecum. Benedicta tu in mulieribus et benedictus Fructus ventris tui Jesus. Sancta Maria, Mater Dei, ora pro nobis peccatoribus, nunc et in hora mortis nostrae. Amen.	Gegrüßet seist du Maria, voll der Gnade, der Herr ist mit dir. Gebenedeit (gesegnet) bist du unter den Frauen und gebenedeit ist die Frucht deines Leibes Jesus. Heilige Maria Mutter Gottes, bitte für uns Sünder, jetzt und in der Stunde unseres Todes. Amen.
Friedensgruß	Pax Domini sit semper vobiscum.	Der Friede des Herrn sei immer mit euch.
*	Ecce Sanguis Christi, ecce qui tollit peccata mundi.	Seht das Blut Christi es wäscht hinweg die Sünde der Welt.
	Domine, non sum dignus, ut intres sub tecum meum, sed tantum dic verbo et sanabitur anima mea	Herr, ich bin nicht würdig, dass du eingehst unter mein Dach, aber sprich nur ein Wort, so wird meine Seele gesund.
*	Sanguis Christi quid effusus est pro multis!	Das Blut Christi, welches für viele vergossen wurde.

Schlusssegen	Benedicat vos omnipotens Deus, Pater et Filius et Spiritus Sanctus.	Es segne euch der allmächtige Gott, der Vater der Sohn und Heilige Geist.
Sendung	Ite, missa est.	Geht, ihr seid gesandt!

Mit * markierte Texte entsprechen nicht den Originalen und wurden von mir modifiziert.

Quellen:

Herder - Die Bibel Einheitsübersetzung Altes und Neues Testament 2013

Bistum Trier - Gotteslob

www.kathpedia.com

www.katholisch.de

dcms.bistummainz.de

www.peterskirche.at

Zeitfracht Medien GmbH
Ferdinand-Jühlke-Straße 7
99095 Erfurt, Deutschland
produktsicherheit@kolibri360.de